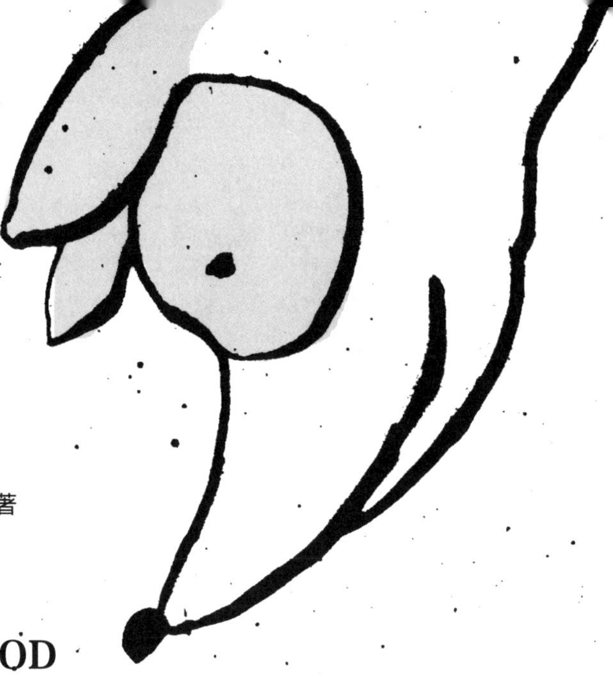

[美] 丹·格迈因哈特 / 著
林师宇 / 绘　陆巧玲 / 译

来自天堂的狗狗
GOOD DOG

GUANGXI NORMAL UNIVERSITY PRESS
广西师范大学出版社
·桂林·

来自天堂的狗狗

Laizi Tiantang De Gougou

项目主管：冒海燕
策划编辑：周　英
责任编辑：冒海燕
责任校对：郭琦波
装帧设计：李　坤
责任技编：马苒键

图书在版编目（CIP）数据

来自天堂的狗狗／（美）丹・格迈因哈特著；林师宇绘；陆巧玲译．—桂林：广西师范大学出版社，2019.6（2023.3 重印）
（魔法象．故事森林）
书名原文：Good Dog
ISBN 978-7-5598-1717-4

Ⅰ．①来… Ⅱ．①丹…②林…③陆… Ⅲ．①儿童小说－长篇小说－美国－现代 Ⅳ．①I712.84

中国版本图书馆 CIP 数据核字（2019）第 062034 号

广西师范大学出版社出版发行
（广西桂林市五里店路 9 号　邮政编码：541004
网址：http://www.bbtpress.com）
出版人：黄轩庄
全国新华书店经销
唐山富达印务有限公司印刷
（河北省唐山市芦台经济开发区农业总公司三社区　邮政编码：301501）
开本：880 mm × 1 240 mm　1/32
印张：9.5　　字数：200 千字
2019 年 6 月第 1 版　　2023 年 3 月第 3 次印刷
定价：34.80 元

献给所有我有幸认识的好狗狗。

麦琪、杰克、科罗娜、安妮、汤米、索菲和奥蒂:

谨以此书向你们致敬。

目录

15
P168
16
P176
17
P189
18
P200
19
P209
20
P219
21
P226
22
P235
23
P242
24
P249
25
P259
26
P264
27
P269
28
P275
29
P281
尾声
P292

布洛迪记不得自己确切的死亡时间，但记得自己后来确切的复苏时刻。

复苏的时候，他在奔跑。

脚下的青草柔和润泽。清冽，光滑，鲜活，像早晨。

腿上的肌肉收缩，伸展，跳跃。他四肢矫健，行动迅捷。

他吞下一口甜美的空气，舌头耷拉出嘴外。

他冲着头顶的蓝天，发出一声吠叫，自由自在，狂野不羁。那是一声**确认**，那是一声**欢呼**。

他没有被追赶。他没有恐惧。他不累，不饿，不痛。

他很……**快乐**。

这个词在他的脑海里浮现，定格。

快乐。

这正是他感知的第一个词。突然间，这个词浮现在他的脑海，而且他居然**认识**。他知道它的意思，他知道它的感觉。这个词在他的脑袋里嗞嗞作响，就像他叼在嘴里的一块刚刚煎好的熏肉。

快乐。

他不停地摇动尾巴。

尾巴，这是第二个词。然后是**摇动**。紧接着是**奔跑**。

他又发出一声吠叫。那是一声**快乐**的吠叫，响亮而愉悦。

一声吠叫回应了他。

他扭头，看见一只狗在旁边奔跑。她的身材苗条，修长，短短的棕色毛发有着漂亮的泥巴色。**狗**。他知道这是一个重要的词。就是**他**。他是一只**狗**。然后是**泥巴**。没错，**泥巴**！真是一个美妙无比的词。这个词让他如此快乐，他忍不住又发出一声吠叫，一声极度欢快的**吠叫**。他在脑袋里感知着**泥巴**这个词：稀烂，滑腻，还有黏糊。然后他大声吠叫，表达着自己对这个词的喜爱。

另外一只狗吠叫着回应。

她耳朵跳动，眼睛闪光，与他保持着一致的步调。他看到的一切，都在往他的脑袋里添加新词：**眼睛**，**耳朵**，**闪光**。

她迈动长腿，正好领先布洛迪一个鼻子。

玩耍！这个词冲着他的心窍呐喊。

他使劲拉扯肌肉，让步伐变得更加有力。同时，他在不断增长的词汇量里又添加了两个新词：**赛跑**和**更快**！

布洛迪将目光转向前方，周围的一切映入眼帘。他复苏的时候，只有脚下的青草，头顶的蓝天，然后就是**她**。可是现在，仿佛迷雾散去，他看见一大片绿色的田野在面前铺开，朝着一条碧蓝闪亮的小河延伸。到处都是一丛丛的灌木和乔木。他的四周都是**狗**。奔跑的狗。跳跃的狗。追逐和狂吠的狗。在小河里戏水的狗。在柔美的草地上打滚的狗。

他们大小不一，颜色各异。

他们都在摇动尾巴。没有一只狗张开嘴巴咆哮。

快乐。

所有的狗，每一只美妙的奔跑的戏水的玩耍的吠叫的狗，都很**快乐**。

布洛迪和那只棕色的狗轮流领跑，冲下一个缓坡，朝着河边狂奔。他的腿飞速迈动，在地面上啃出一个个咬痕。他的肌肉剧烈颤动，在进行着一场狂欢。**奔跑**。

他们风驰电掣般往山坡下冲去，蹚过小河泥泞的浅滩，溅得水花四起。

就在他们狂奔的时候，越来越多的词在布洛迪的脑海里闪现，生根。**乔木**，**灌木**，**牙齿**，**树叶**，**以后**，**以前**，**石头**，**阳光**，**爪子**，**水**，**跟随**，**溅落**，**沙子**，**朋友**。

他们跑得飞快，更快，最快。他的四肢却从没觉得疲劳。他拼命地吸气，他的肺部却从没感到气短。

最后他们跑得尽兴，双双倒在了河边，身体一半泡在清冽的河水里，一半躺在岸边的草地上。

布洛迪低头，朝着河水望去。清澈光滑的水面上，一只狗正仰望着他。**倒影**，他在心里默默地说。**是你呢**。他看见短短的纯白毛发，在一只眼睛的周围有个黑色的斑点。他看见一只竖起的耳朵，一只往前耷拉的耳朵，还有一个湿润的黑色鼻子。**这是我呢**，他心里想。

那只棕色的狗舔起河水，大口大口地吞咽。接着她抬起头，鼻子上滴着水，笑眯眯地看着他。

“你是新来的，对吧？”她问道。

布洛迪昂着头，尾巴停止了摇摆。她的问话让他大吃一惊。

不，不是她用的那些词。没错，它们都是新词，可是她一发出疑问，这些词就浮现在了他的脑海，而他又全部认得。

是的，是她的声音。她的声音不是发自嘴巴。她没有吠叫，也没有嘶吼。

那些词——还有她的声音——却妥妥地到了那儿，到了他的脑袋里。

“哦，你**真的**是新来的！”虽然她说着无声的话，可他却听得一清二楚，“你还在感知新词呢！”

这是布洛迪复苏后，第一次感到不快乐。

他感到困惑。甚至，有点害怕。

他把尾巴放慢，然后垂下。

“哦，不用担心，”说着，她挺直了身子，“真的。都好着呢。”她向前走了一步，下巴蹭了蹭布洛迪的鼻子，舌头舔了舔布洛迪的嘴角。她说的没错。

她是一只好狗。真的。

“好啦，”她说，“我们就从这儿开始吧：你叫什么名字？”

名字，布洛迪想。他在脑袋里把玩着这个词，仿佛它是一个装有吱吱作响机关的玩具。**我的名字是我啊**，他想。**它就是别人怎么……叫我**。

他摇摇头，在心中疑惑的云团里搜索，努力回想自己的名字。

可是布洛迪记得吗？他什么都不记得。一件事都不记得。他的喉咙里发出一声呜咽。

这时，它却不知从哪儿冒了出来。“布洛迪”这个名字在他的脑海里浮现，降落，像一尾飘落的羽毛。仿佛是天使将它安放在了那儿。

他不会说话，所以从没亲口叫过这个名字。可是他却上百次，上千次，上百万次听到过这个名字。突然间，他听到了这个名字。他听到有人称呼这个名字，有人笑谈这个名字，有人轻唤这个名字。他听到有人呼喊这个名字。

“布洛迪。”他答道。可是他的回答不是发自喉咙或者嘴巴，而是发自他的意念，而且与她的意念相通。正如她的话那样让他心领神会。

“布洛迪，”她说着，尾巴摇得更加欢快，“你好啊，布洛迪。我叫萨莎。”

“萨莎。”布洛迪冲她打了一声招呼。然后他嘴里发出一声吠叫，一声快乐的吠叫。

布洛迪口干舌燥。他舔着河水，倒影瞬间散碎成一片涟漪。河水甘甜、纯净、清冽，直让他的嘴巴快活得颤抖。又一个词浮现在他的脑海：**完美**。

“太棒了，不是吗？”萨莎说。

“什么？河水吗？”

萨莎露出牙齿，十分开心。然后她抬起鼻子，使劲地吸着阳光和空气。

“一切。”

布洛迪看看四周。他看着阳光跳动的水面，看着绿意盎然的草地，看着所有的狗，看着所有摇摆的尾巴。

“是呢。”他回答。不过他一直在张望，在极目张望。他左看看右瞧瞧，然后回头，看着周围明亮的世界。

布洛迪在寻找一样东西，一样……不见了的东西。他不知道是什么东西，可是他笃定那东西不在了。

为什么布洛迪会这么笃定呢？因为他有一颗感恩的心。

“可是……”布洛迪说话了，却又找不到合适的词把话讲完。他仰起头，一脸的迷茫。

“嗯嗯。”萨莎说。她的声音温柔，严肃，却又那么善解人意。“我知道，你在努力回想。你会想起来的，”说着，她伸出爪子，拍了拍布洛迪的爪背，“别担心，你会想起来的。”

“想起来什么？”布洛迪问她。

“以前啊，布洛迪。你会想起以前。你会想起……你的一生。”

一生。这个词在布洛迪的脑海里回响，徘徊。它有了多层次的解读，有了多线索的贯穿。它里面有光芒闪动，边缘有阴影环绕。它成了一个有分量，有温度，有声音的词。

“我的一生，”布洛迪重复着，“我以前的一生。我以前……”他闭上眼睛，一门心思地追逐着这些词语，可心里知道，自己并不能完全理解。就像他的嘴巴永远叼不住一个滚动的皮球。

“就是在你……死了以前，”萨莎的声音比狗宝宝的茸毛还要柔和，“就是你在**那边**死了，还没到这边之前。”萨莎靠近了他，他们的爪子紧贴在一起：“布洛迪，你已经死了。”

死了。布洛迪知道它的意思。一个个画面在他的脑海里闪过：

一只松鼠，眼睛圆睁，但眼神呆滞，身体僵硬，一动不动地躺在棕色的枯叶上面。

一只小鸟，身体残缺，翅膀歪歪扭扭，支离破碎。

一只猫咪，脖子被扭断，嘴巴张开却发不出任何声音，倒在了路边。

死了。布洛迪知道**死了**的意思。

他的呼吸变得急促，耳朵耷拉了下来。他发出一声悲鸣，高亢而幽怨。

萨莎贴了过来，用脸蹭着他的脖子。

“不过不要紧的，布洛迪。真的不要紧。你在那边死了，意味着在这边的生，这边又这么**美好**。”

“那边？在**那边**死了？”

“对啊。布洛迪，难道你不记得了吗？难道你不记得那个充斥着黑夜、饥饿与人类的世界了吗？难道你不记得人类了吗？”

人类。

他当然记得。

两条腿的、高大的食物供给者。手指摩挲着他的耳朵后面。对他又是爱抚，又是夸奖，又是责骂。有脸有手有鞋子有笑容有制造声音的嘴巴。现在布洛迪知道了，那些声音叫作**说话**。

人类。

一想起他们，布洛迪就开始反胃和摇尾巴。**人类**。人类很坏。人类很好。人类很可怕。人类很美好。布洛迪马上想起了一切，而一切又是那么鲜活。

朦胧的模糊的暗淡的混乱的记忆碎片，在他的脑海里闪现，消失。声音。气味。

布洛迪站起来，原地转了一圈。他发出一声哀鸣，扒拉着地面，走了几步，又转身回来。

“不要紧的，布洛迪，”说着，萨莎站起来，用肩膀去蹭布洛迪的肩膀，“以后你会想起来的。没有什么可怕的了，再也不会有了。我们跑去玩吧。来啊。”她转身，撒腿就跑，边跑边回头示意布洛迪跟上。

可是布洛迪并没有动。萨莎只好又回到了布洛迪站立的地方。

他就要就要就要记起来了。不过，记忆却有点不对劲，有点不自在。记忆里有阴影，有呼喊，有一种离别的感觉。一种不合时宜的离别，一种不情不愿的离别。

就在这时，在零零碎碎的片段中，在断断续续的画面里，有些记忆突然显现。

一栋房子。周围荒草丛生，栅栏破败不堪，车道上停着一辆从来没有开动过的汽车。

一座公园。公园里有秋千，人们在上面荡来荡去，飞上飞下。还有金属滑梯，人们欢笑着飞驰而下。公园里有桌子，你可以藏在下面躲怪物。

一个窗帘紧闭的房间。里面有一张散发着各种气味的长沙发，一个装满了会动的画面和嘈杂声音的盒子。盒子亮得晃眼，没日没夜地发出刺耳的声音。

这些支离破碎的记忆里，有**欢乐**有**悲伤**有**恐惧**。它们全都绞缠在一起，全都模糊不清。

就在记忆的后面，就在他看不到的地方，躲着一个龇牙咧嘴的怪物。怪物有利齿有尖爪有阴影。布洛迪看不到它，却感觉到了它的存在。他禁不住发出一声悲鸣。

“布洛迪？”

布洛迪闭上眼睛，搜索着另外一个世界的更多记忆，一段清晰而深刻的记忆，能够解答为什么他的胸口会痛，为什么他会感到十万火急，汗毛直竖。仿佛一场恶战正酣，而他深陷其中。

这件事举足轻重，布洛迪深知这点。无论在哪个世界，这段记忆都绝对重要。他**必须**想起它，这是当务之急。

他做到了。

他感知到一个新词。

新词像火花闪现在他的脑海，闪现在他的灵魂。他顿时没有了心跳。

男孩。

男孩。

接着是：**我的男孩**。

记忆中的一张脸随之浮现。他看见那张脸微笑，哭泣，懊恼，酣睡，惶恐，凑过来亲吻自己。接着是一个声音。他听到那个声音大笑，歌唱，低语，叫喊。然后是一种气味。他闻到皮肤的汗水的衣服的肥皂的食品的男孩的气味；这些气味混在一起，造就了一个帅气的完美男孩。**我的男孩**。布洛迪的心开始翱翔；突然间，它变得既充实又空虚，既愤怒又欢唱，既疼痛又流血，既狂跳又骤停。

我的男孩。

有东西在他思绪的边缘萌动。那是一段记忆的回归，与他和他心爱的男孩做过的某件事情有关。一次离开，一次回转。离开。回转。布洛迪想起了这些词，还有它们的**意思**，它们的**感觉**。

布洛迪牢牢地抓住这些词，追踪着隐藏在它们后面的记忆，不肯放手。就在这时，犹如水花飞溅，那段记忆开始浮现。记忆涌入他的脑海，激情淹没了他的灵魂。

阳光。不过，那是日暮时分没落的斜阳。他在奔跑，爪子敲击着泥土和草地。离开他的男孩。然后回转。离开。回转。

男孩在抛东西。一个圆形的，黄色的，毛茸茸的球。球上有他的口水，温润而黏滑；球身触到泥泞的草地，沾着沙粒和草汁。他一次又一次地飞奔过去追球，接球。他气喘吁吁，四肢灼痛，心里却很快乐，快乐，快乐。

他第一百次把球丢到男孩的脚下。他喘着粗气，舌头耷拉出嘴外。男孩开心地笑了，露出了布洛迪所熟悉的笑容，布洛迪所喜爱的笑容。

公园边上，一盏路灯亮了。

男孩抬头，直直地盯着渐暗的天空，还有即将到来的夜色。他的笑容摇摇欲坠，浅浅的烦恼纹在眉头上打了一个结。

“该回家了，布洛迪。”说着，男孩又一次看着渐渐浓郁的暮色，然后回头望向身后，望向他们即将返回的家的方向。男孩咽下一口口水，布洛迪看见了他的喉结。

男孩回头看着布洛迪，脸上挤出一个笑容。只是它不像先前的笑容那么开心，那么自然，那么真实。

“算了，”他摇着头说，“布洛迪，我们再多玩几次抛球，好不好？”布洛迪忙不迭地摇着尾巴，表示赞同。男孩捡起球，又一次回头张望，然后转身看着布洛迪。那个严肃又悲伤的浅笑，依然挂在他的脸上。他为什么微笑？只是为了布洛迪。“小子，我们就多玩一会儿。”

男孩后退，抛球，抛出一个巨大的弧线。布洛迪飞一般地追了出去。

他的男孩，那个严肃又悲伤的男孩，站在阴影里，为他呐喊助威。

“加油，布洛迪！加油，布洛迪！加油！”

布洛迪尽己所能，飞快地迈动四肢。那是纯粹的决心，是对奔跑的热爱。他的男孩抛出了球，他要去追，他要去接，他要把它送回他的男孩那儿。哪怕要经过所有的阴影，哪怕要穿过所有的黑暗。

布洛迪在飞奔。

离开。回转。

布洛迪伫立在那儿，想着他的男孩，想着他与男孩一起度过的时光。他血脉偾张，无法呼吸。

可是现在呢？现在，布洛迪离开了他的男孩，与男孩阴阳相隔。分离与距离像一根牵引绳，用力拉扯着他，召唤着他。

布洛迪想着他，想着他的男孩。记忆中的怪物显得更加阴森，咆哮得更加尖厉，身躯变得更加庞大。它的阴影带来阵阵寒意，直让布洛迪浑身发抖。

危险。这个词戳中了他。然后是**需要**。接着是**帮助**。

即使有一道鸿沟横亘在他所处的世界与他几乎忘掉的世界之间，他还是尝到了闻到了感受到了这些词语：**男孩**，**需要**，**帮助**，**危险**。

他睁开了双眼。他的尾巴一动不动，身体却瑟瑟发抖。

因为他的心告诉他，自己究竟该怎么做。

布洛迪会听从自己的内心吗？是的，他会。他是那些美好灵魂中的一员，永远都遵从自己的内心。

那句急切的，疯狂的，孤注一掷的话在他那颗勇敢的心里激荡。布洛迪看着萨莎，终于说出了那句心里的话：“我要回去。”

2

“回去？你什么意思？”萨沙的声音低沉而严肃。

“我要回去。回到那个……人类的世界。”**回到他的男孩所在的世界**，他这样想着，但没有说出口。

萨莎从鼻子里呼出一口气：“布洛迪，你不能回去。不过……你为什么想回去呢？”

布洛迪想起了男孩的脸，**他的**男孩的脸，想起了那段可怕的记忆，想起了那种无形的朦胧的危险感觉。他在脑海里翻找着那种感觉，可是它并没有变得更加清晰。

“我……不知道。我只知道我必须回去。”

布洛迪走来走去，扭头看看四周，寻找着……寻找着……什么呢？他的脑海里出现了新词：**房门**，**大门**，**楼梯**。

可是除了草地、河水、树木和嬉戏的狗，布洛迪什么也看不到。

他的喉咙里发出一声高亢而凄厉的悲鸣。他睁大眼睛看着远方。**这个地方不可能无边无际**，他想。**某个地方一定有它的尽头**。

他选定一个方向，开始沿着小河慢跑。

“布洛迪？”萨莎在后面喊他，“嘿，等等我！”

她和他并排跑着。她迈开长腿，轻轻松松就跟上了他的步伐。

“你要去哪儿啊？”

“回去，”他说，丝毫没有放慢脚步，“我要离开这儿，我要回去。”

“布洛迪，这压根行不通。”

“你怎么知道呢？你试过了吗？”

“唉，没有。可是我知道，你在浪费时间。”

“也许吧。可是我必须试试。”

“你停下，布洛迪。听我说。”布洛迪知道萨莎想帮他，可是他依然没有放慢脚步。

“你停下！”萨莎停下了脚步。布洛迪继续跑着，听凭萨莎上气不接下气的呼吸声越来越小。

“布洛迪！”

萨莎的嗓音变得严厉，大声。“你等等！”她叫道，“你真的想知道离开这里的办法吗？”

布洛迪停下，转身面对萨莎。萨莎站在那儿，尾巴下垂，耳朵竖起，直直地瞪着他。

“是的，萨莎。我必须回去。”

萨莎移开目光，舌头舔了舔鼻子，回头望着布洛迪。

“好吧。跟我来。你应该和塔克谈谈。”

“谁是塔克？”布洛迪问道。这时，他正跟随萨莎离开小河，爬上山丘。

“他是我们中的一员，”萨莎回答，“他在这儿的时间比谁都久。要是有谁知道回去的办法，那就是他咯。他总爱在这儿绕着水塘跑步。”

水塘。萨莎刚刚说出这个词，他就感知到了。他想到了水。就在这时，水塘出现在他们面前，在阳光下熠熠生辉。小狗们都在玩耍：有的绕着水塘奔跑；有的懒散地躲在树荫下；有的在浅水区戏水；有的在深水区游泳，脑袋露在水面上。

萨莎扫了他们一眼。

“喏，在那儿呢。果然在跑步。”她冲着一个方向扬了扬下巴，“那个大个头的家伙。跑得飞快的那个。”

跑得飞快的那个。这句话就已经足够。有些狗在绕着水塘散步，有些狗在绕着水塘慢跑，有些狗在绕着水塘奔跑……只有一只狗在绕着水塘**狂奔**。只见他伸着舌头，垂下的耳朵紧贴脑袋，像一道模糊的黑色闪电。

那只狗在水塘的对岸，但速度奇快，健硕的身体随着矫健的步伐尽情舒展。萨莎跑上前去，拦住了他的去路。眼看着他就要猛冲过来，萨莎连忙大喊：“嗨，塔克！塔克，停一下！”

塔克竖起耳朵，伸直前腿，爪子扒拉着草地，来了一个疯狂的漂移式急刹车。他宽大的鼻脸方方正正，胸前长着一撮耀眼的白毛。除此之外，他从鼻子到尾巴，浑身都是清一色的亮黑。他摇着自己那条短粗的尾巴，摇动之快，简直和他奔跑的速度有得一拼。

这就是塔克。他浑身都在奔跑，都在摇摆，都在咧嘴大笑。他长着一身斗狗的结实肌肉，却有着狗宝宝般天真无邪的笑容。塔克到底是一只什么样的狗呢？这么说吧，他是一只好狗。

"嗨，萨莎，你好啊。"他说。他的声音在布洛迪的脑海里回响，就像萨莎的声音。他兴高采烈，呼吸很快，却不急促。他蹦蹦跳跳，脚上不停地变换着支点，仿佛已经迫不及待，只想再来一次狂奔。

"你好啊，塔克。"

黑狗看着布洛迪："你的这位朋友是谁啊？"

"他叫布洛迪，新来的。这么说吧，新鲜得**很**呢。"

塔克咧开嘴巴，露出了一个更大的微笑。他的尾巴摇得更加欢快了。

"真的吗？欢迎你啊，兄弟！"他走上前，扇动鼻翼，权当打了个招呼，"我说，你是什么品种啊？"

"品种？"

"对啊，就是你的主人怎么叫你呗。让我猜猜……博德牧羊犬吗？你绝对有牧羊犬的血统，不过不是纯种的，对吧？对不起，我无意冒犯你。你个头有点小，毛发也有点短。也许有点杰克罗素梗的血统？我猜对了吗？"

布洛迪跟不上塔克的提问。他说得太快，用了太多的新词，中间又没有停顿。塔克一边说，一边围着布洛迪转圈。他摇着尾巴，两眼发光，亲热地用鼻子嗅个不停。

"什么？"布洛迪终于憋出了一句话，"嗯……我不明白呢。"

"嗯，不要紧，你会明白的。我呢，是一只纯种的美国斯塔福梗。各种证明文件，一应俱全。名字有点拗口，你干脆叫我比特犬好了。反正都是一码事。我原本是一只表演狗来着，可是我站不稳，静不下来。唉，反正差不多浑身毛病啦。”

塔克停止了转圈。不过，他也就安静了那么一下下，刚好够他用爪子刨刨草根，对着天空撅撅屁股。

“我说，你喜欢跑步吗？”

“嗯，喜欢吧，我**觉得**……”

“你**觉得**？干吗不喜欢呢？在这个世界上，跑步绝对是我的**最爱**。你呢？如果你不爱跑步，这个世界上你**最爱**什么呢？”

布洛迪怔怔地看着眼前这道嬉笑而模糊的黑色闪电。

“我不知道。”布洛迪实话实说。

“嗯嗯。好吧，你会弄明白的。你确信不是跑步吗？可是你看起来跑得很快哟。你跑得很快吗？兄弟，要跑步吗？”

“嗯，谢谢啦。”布洛迪回答。然后，他趁着塔克喋喋不休的间歇，抢先说出了自己的想法：“不过……我有个事要跟你打听一下。”他看了看萨莎。萨莎摇着尾巴，催促他说下去。“我……我不想待在这儿。”

塔克在原地飞快地转了一个圈。

“**好**啊！要往河边跑吗？我们来比试比试！”

他两眼放光，四肢抖动，渴望着一场角逐。

“不。我的意思是，我不想待在**这儿**。压根不想。我不想待在这个地方。”

塔克的尾巴摇慢下来，一只眼睛瞅着布洛迪。等到他再次说话，他的声音还是那么亲切，快乐的语气却打了折扣。

“是吗？好啊。听你这么说很遗憾呢，不过……如果你准备好了舍离，那就试试呗。”

布洛迪还没来得及追问他什么意思，萨莎插话了。

“不是的，塔克。布洛迪不是要舍离，他是要**回去**。”

塔克闭上了嘴巴。

“回去？”他轻声问道，“你是说，**回去**，回去？回到从前吗？”

“是的，”布洛迪回答，“**必须**。马上。”

塔克盯着布洛迪的眼睛，看了好久。

“塔克，你跟他说，”萨莎发话了，“你跟他说，他不能——”

“我**能**，”布洛迪打断了她，“你刚才不是说了吗，只要我准备好了，我就能舍离？喏，我准备好了。”

塔克摇了摇头。

“你误会了。舍离不是回去。舍离是前行。你说的那个什么，那个……完全就是两码事。”

“可是……可是……”布洛迪一心想守住关于男孩的那点记忆，说话开始结巴。

塔克打断了他。

“我懂。你刚刚来，一开始都很混乱。我们还是走走吧。让我给你说说这儿的规矩，好吗？”

布洛迪看看塔克，又低头看着地上。他的胸口痛起来。一种刺痛的感觉从支离破碎的记忆里，从朦胧的危险感觉中，从与男孩相关的模糊记忆里，从男孩需要他帮助的预感中，油然而生。

布洛迪吸了一口气，又吐了出来。他扭头看着塔克。

“好吧，”他说，“好的。”

他们三个出发了，穿过树林，走向河边的旷野。塔克连走路都虎虎生风，布洛迪要时不时地跑上几步，才能赶上他。他们走着，塔克说着。

“那么，基本情况你都知道咯。回到从前呢，我们都活过。在另外一个世界，那个人类的世界。然后，不管怎么着吧，我们都死了。你还记得自己是怎么死的吗？”

“嗯，不记得了。”

“好吧。别担心，你会想起来的。反正我们死了，来到了这边。这边也不错，有我们想要的一切，我们一直想要的一切。”

布洛迪看着周围的草地，河水，晒太阳的狗，追逐嬉戏的狗。

“那么……？我们就……这么待着？”

“也不是啦。这儿不是永恒之地。我们只是暂时停留，感知新词，获得一些……领悟力。我们会一点一点地想起自己的一生，然后准备好舍离。”

“去哪儿呢？”

塔克犹豫了。

“我们也不知道。不过……那是个好地方。这么说吧，**最好的**地方。”

“你怎么知道？”

“就是一种感觉吧。你会明白的。”

他们踩着脚下柔软的草地，默不作声地走了一会儿。

“喂，等等。等一下。”塔克突然小声说。他们停下了脚步。塔克全身僵硬，眼睛直直地看着什么。布洛迪顺着他的目光望去。

布洛迪没有发现什么古怪。远处有一群狗在泥坑里打闹，近一点的地方有一只长毛小狗。只见他蹲在那儿，望着山坡下的小河。

“怎么了？”布洛迪问道。

“那只小猎狗啊。”塔克抬起鼻子，指了指那只毛茸茸的小狗，“就是那个事啊。我都看过一百万次了。他就要做呢。”说着，塔克蹲了下来。萨莎和布洛迪也照样蹲下。

“他在干吗呢？”布洛迪问道。他也像塔克一样，压低了声音。

“舍离。”萨莎回答，兴奋得声音发抖。

布洛迪看着萨莎，看见她两眼放光，浑身发抖。然后他回头看着那只小狗。

小狗蹲在那儿，眺望着眼前完美的世界。他很安静，也很平静。即使隔着一段距离，布洛迪还是能看见小狗的胸膛在起伏。那是他深深地吸了一口气，屏住呼吸，然后又吐了出来。

这时，像平流缓进却毫无征兆，它发生了。

那只小狗有了变化。布洛迪没有移开过眼睛，可是突然之间，它却有了**变化**。布洛迪眨眨眼，然后就看到了。光芒闪现。金色的光芒环绕着小狗，隐去了他棕色的皮毛。

接着，一道长长的同是金色的光束，从高高的云端伸展而下。它没有闪耀，只有温暖的润泽，就像太阳升起。只不过这轮太阳是为了一只小狗而升起。

他纤小的尾巴开始摇摆。

等到天上的光束与环绕他的光芒交汇，小狗开始飞升。他的身体飞离地面，光芒变得更加明亮。金色的小光球漂浮在他的四周，像飞舞的萤火虫。它们环绕着他，跳起了曼妙的舞蹈。

小狗朝着天空飞升，光芒变得更加明亮，闪耀的光球不住地旋转。这时，他的身体开始消散。不过，他并没有消逝，而是……消融在了光中。他的身体闪耀，消散，与光融合在了一起。就在他飞升得更高，闪耀得更亮的同时，他的身体不见了。

然后，就这样，一切结束了。

金光不见了，旋转的星星不见了，只剩下碧草和蓝天。那只小狗也不见了踪影。

布洛迪蹲在那儿，几乎不能呼吸。他的尾巴停止了摇摆，一动不动。

这才叫令人难忘呢。真的是令人难忘。只要你目睹过一次，你就再也不是原来的你了。

“喏，这就是了。”塔克柔声说道，“这才是舍离。我们把它叫作‘永恒进行式’。”

“永恒进行式？”

“是的。因为我们在自己出发的那个世界，只有一小段时间。我们在这里的这个世界，停留的时间更加短促。那么下一个地方呢？那儿才是永恒之地。”

塔克呼出一口气，尾巴砰的一声砸在了身后的草地上。

“喏，这下你看到了，”塔克轻快地说，“这就是永恒进行式。这个啊，兄弟，才是你应该争取的。”

塔克弯下腰，抬起一只后爪去挠耳朵。可是他看见了萨莎，就停了下来。萨莎两眼发光，还在盯着那只小狗蹲坐的位置。

“萨莎，你没事吧？”塔克问她。

“怎么了？我没事。”说着，萨莎摇了摇头。她摇动尾巴，兴奋地喘着粗气。塔克一动不动地蹲在那儿，看着萨莎。

“怎么了？”萨莎又问了一次。

“没什么。”塔克回答，声音里却有了一点悲伤的味道。

塔克为什么会悲伤呢？他很疯狂很粗野跑得很快，可是他在许多方面也很有智慧。当时他看着萨莎，便**明白**了一切。不过他只是挠了挠耳朵，使劲地摇了摇头。

“那么……它的时间有定数吗？比如说，我们什么时候才准备好呢？”

“这就要看具体情况咯，”塔克回答，“有些狗四处逛逛，小河里玩玩水，然后就直接进入了永恒。另外一些狗呢，可能需要更久的时间。不过呢，每只狗最后都会进入永恒之地。”这时，他突然扑通一声躺在了地上，一边胡乱地踢腿，一边在草地上蹭着自己的后背。

“呵呵，”萨莎说，“你除外。”

“我吗？”塔克说，“呃，我不急。”

“你在这儿有多久啦？”布洛迪问。

“谁知道呢？”塔克不再打滚，而是跳了起来，飞快地转了一圈。对塔克来说，他们显然已经站得太久了。“反正比谁都久。不过我觉得吧，可能还不够久。反正我喜欢这儿。反正有一天我会进入永恒。兄弟，就是这个理。折腾没有用。”

折腾没有用。

布洛迪在目睹小狗舍离后所获得的平静开始消退。

记忆的碎片一闪而过：**他的男孩的脸，愤怒的声音，黑暗，恐惧，可怕的离别的感觉，嘴巴里危险的味道**。

“不，”布洛迪说，“我……我……必须回去。”

萨莎用鼻子蹭了蹭他的耳朵。

“听他的话，布洛迪。你不能回去。”她平和又温柔地说，“回去是不可能的。”

“好吧，我说过没有用，”塔克打断了她，爪子扒拉着卡在泥巴里的一块石头，“可是我没说过不可能。”

“你说什么？”布洛迪说，心里突然燃起了希望，“有办法吗？”

“**是**有一个办法，”塔克抬头看了看布洛迪，又去玩弄石头了，“不过兄弟，你不会愿意的。相信我。还是把回去这件事忘了吧。”

“我不能，”布洛迪说，声音里居然透着一股狠劲，“我必须回去。如果有办法，你就告诉我吧。求你了。”

“为什么啊？”塔克问罢，又去扒拉那块石头了——他居然趴在地上，用牙齿去啃那块石头，“什么事这么重要啊？为什么你必须回去啊？”

“因为，因为我……”

布洛迪紧咬牙关，就像咬住了自己生命赖以存在的某种东西。他调动全身的力量，苦思冥想。他闭上了眼睛。

他想起了他的男孩，想起了他的脸，他的声音，他的气味。

他捕捉到星星点点的记忆。笑声。摇摆。阳光。布洛迪紧紧地抓住记忆的线索，牢牢地咬住它们，将它们拖进脑海。他想起来了。

他和他的男孩，在一堆堆软绵绵的寒冷中追逐。一个词随着记忆浮现：雪。他们在公园里，就是以前他模模糊糊记起的那个公园，哈出的气在面前飘荡，像一朵朵小小的白云。滑梯空荡荡，秋千静悄悄，上面覆盖着一层白雪。公园里只有他，他的男孩和皑皑白雪，头上的天空粉蓝粉蓝，没有一丝云彩。男孩的脸红彤彤的，嘴唇皲裂，却露出开心的笑容。

男孩弯腰，捧起一大把雪。他把雪团成一个雪球，抛了出去，同时大叫道："布洛迪，接着！"布洛迪去咬雪球，结果雪球爆了，弄得他满嘴的冰冷和湿润，还有像水却比水更多的味道。他摇摇头，把眼睛里的雪抖掉，吠叫着再来一次。他的男孩大笑着，那是发自内心的大笑，是世界上最动听的声音。男孩抛出一个又一个雪球，布洛迪一个不落地全部接住，每次都逗得男孩开怀大笑。布洛迪站在齐腿深的积雪中，等着下一个雪球。这时，远处传来一个嘶哑的声音，把男孩抛球的手定格在半空中。"艾登！"声音喊叫着，"艾登！你过来！"他的男孩看着声音传来的方向，雪球从戴着连指手套的手中跌落。他脸上的笑容消失了。

"布洛迪。"塔克的声音打破了他的梦魇。

布洛迪眨眨眼，看看周围。塔克正歪着头，瞅着自己。

"你想起来了，对吧？"他问道，"你想起了一段记忆。"

布洛迪睁开双眼。他吸了几口气，好平复自己的心情。

“对，我想起来了，”他兴奋得声音发紧，“塔克，有一个男孩呢。他是我的男孩。他的名字——我刚刚想起他的名字。他叫艾登。我的男孩名叫艾登。”

“哈，你的男孩哟。”塔克的声音格外温柔。

“可不！那儿有白雪，有欢笑，还有一个声音。还有另外一个声音。”布洛迪的尾巴摇得慢了，“一个恶毒的声音。”

“那么，你有什么打算呢？”塔克问道，“你想回去看他最后一眼，是不是？”

布洛迪眨眨眼。他的心思一直纠缠在那个声音上，也就是另外一个声音，那个怒气冲冲的声音。这个声音还与另一段记忆纠缠不休……那段记忆阴森可怕，充斥着利齿，阴影和恐惧。它躲在某个地方咆哮，却让人难以捕捉。布洛迪闭上眼，一心想找到它，咬住它，看见它。他找到一条线索，牢牢抓住，紧追不放。它依然模糊不清，依然隐蔽在重重阴影中。不过，他还是得到了更多的线索。

乱糟糟的声音。叫喊声，摔门声。东西摔碎的声音。同一个怒气冲冲的声音，叫喊声。

他的心在狂跳。那段记忆如此逼近，几乎触手可及。

他的男孩搂着他，散发出刺鼻的恐惧气息。艾登在……哭。对，就是这个词。又热又咸的眼泪。颤抖的呼吸。朝着他们逼近的跺脚声……艾登紧紧地搂着布洛迪，开始发抖。布洛迪张开嘴，正要嗥叫……可是他也像男孩一样，开始浑身发抖。“不要！”男孩的声音尖锐，慌乱，“求您了！”然后就是那声最揪心的呼喊：“布洛迪！”

布洛迪看着塔克。他说话了，声音变得有力，真诚，镇定。

“不，不止这个。他有危险。他需要我。塔克，带我去吧。马上。求你了。”

有那么一会儿，塔克在权衡，在决断。他那双棕色的眼睛死死地盯着布洛迪的双眼。

布洛迪不清楚自己是怎么知道的——也许就是凭着塔克所谓的“领悟力”吧——反正他知道，塔克不仅仅在想着自己说的话，或者自己的男孩。他从他的眼神里看得出来，塔克还在想着别的事，而且这件事仅仅和他自己有关。决断给他的眼睛蒙上了阴影。就在这时，塔克的眼神变清澈了。

“这可是犯错误呢，”他说，“大错特错。不过也管不了那么多了。我带你去吧。”这是布洛迪认识塔克以来，塔克头一次正儿八经地说话。接着他咧嘴笑了，尾巴也开始摇摆：“不过，如果我们要去，就只能跑着去咯。”

3

塔克领着他们俩，以玩命的速度朝山上狂奔。他们离开小河，穿过树林，绕过水塘。他们爬得越高，天空变得越暗。头顶上，蓝色的天空被灰色的天空所取代。脚底下，亲亲热热地挤在一起的树丛让位给了阴森可怕的密林。那是一片树影斑驳的森林，树枝多，树叶少；泥地多，草地少。那是一片令人战战兢兢，想频频回头的森林。

可是，塔克和布洛迪转身了吗？他们当然没有。塔克的耳朵有点耷拉，布洛迪的尾巴有点下垂。只有萨莎不住地回头望着他们来时的路，不安地看着四周紧逼过来的黑暗。但是他们没有转身。

他们去的地方不远，却感觉距离他们刚刚离开的那个阳光普照的乐园，好像隔着一个世界。

然后他们就到了那儿。

乐园的尽头。

布洛迪和萨莎随着塔克绕过一块巨石，停在了那儿。大家跟随而来的那条土路又向前延伸了几步，便……戛然而止，终止在一面光秃秃的悬崖边上。就在这个看似世界尽头的地方，有一扇舷窗，一排石壁，还有灰尘，下面只有黑暗，翻滚的白雾，和扑面而来的寒风。

布洛迪打了一个冷战，不仅仅是因为寒风，也不仅仅是因为灵魂深处的恐惧……两者都有。

这个地方的一切——石头，小路，悬崖——全都影影绰绰，模糊不清。无论布洛迪盯着哪儿看，他都没法聚焦……他的目光总是滑到一边。就像用牙齿啃骨头，却一直从骨头上滑落。

他很紧张，重心在四条腿之间不停地转换。塔克停在他前面几步远的地方，萨莎站在他的身边。

“喏，兄弟，”塔克一边说，一边看着悬崖边上空旷的黑暗，“那儿就是。回去的路。”

“你怎么知道？”布洛迪低声问道，脖子上的汗毛都竖了起来。

“我见过别的狗离开。”塔克平静地说。他回头看着布洛迪，眼神十分悲伤。他的心情也是一样。“可是他们不像你，布洛迪。他们都是……坏狗。”

坏狗。听到这个词，布洛迪差点想吐。

塔克扭头望望悬崖边，又回头看着布洛迪：“他们谁也没有回来，兄弟。谁都没有。”

“我讨厌这儿。”萨莎嘟哝道。

“我也是呢，”塔克说，“这儿可不是什么好地方，布洛迪。这可不是你想做的事。”

布洛迪深深地吸了一口气。他从塔克身旁经过，走向悬崖的边缘。他的肚子不住地翻腾，身上的毛发直竖，可是他一直走着，直到离悬崖边几步远的地方。

黑暗在悬崖下面蹲伏，十分古怪。布洛迪接近它，它无动丁衷。布洛迪眯眼俯视它，它依旧平静。它没有变得疏淡，而是依然黑得那么彻底，那么诡谲，仿佛触手可及。尽管离悬崖边只有几步，布洛迪向下望去，还是伸爪不见五指。

布洛迪瑟瑟发抖。不仅是他的内心，或者他的肌肉，而是浑身上下，里里外外，都在发抖。

布洛迪退后了吗？他颤抖着向前迈了一步，然后又是一步。他向前伸着鼻子，他也许是做好了扑入黑暗的准备。

布洛迪拥有一颗纯洁而闪亮的心，像日出一般绚烂。无论黑暗多么浓重，多么寒冷，太阳在它面前都不会退缩，而是照样升起。

勇敢的布洛迪向前走着，爪子与悬崖边只有几口气的距离。

这时，天使终于发话了。他已经

等了很久很久，只想看看这只有着白色斑点的小黑狗，心中有多少勇气，有多少深爱。

他有很多很多。

“你真的要跳吗？”

布洛迪吓了一跳。他从悬崖边跳回，转身寻找那个声音。

就在几步远的一块石头上，端坐着一个人。布洛迪敢打包票，前一刻他还没在。布洛迪瞄了他一眼，昂起了脑袋。不过，就像这个地方的其他东西，布洛迪并不能确切地**看到**他。他的人形在那儿，却只能辨认出他的脸比成年人年轻，却又不像孩子。他更像个少年。

“你不该去，布洛迪，”少年说道，“除非你拿定了主意。也许到了那个时候，你也不该去。”

布洛迪朝他迈出迟疑的一步。

“你怎么知道我的名字啊？”

“因为你来这儿了，”少年回答，“你来了，所以我知道。就像我知道塔克。还有你，萨莎。”

萨莎摇摇尾巴，可是塔克却像布洛迪一样伫立在那儿，一动也不动。

“谁……什么……”布洛迪吃力地搜寻着新词汇，想表达一个问题。关于这个问题，坐在石头上的少年再熟悉不过。关于这个问题，小狗们一直都在追问他。

“我是一个……摆渡者，布洛迪。有人会说成‘天使’。这个并不准确，不过你要是觉得顺口，你也可以这么称呼我。我来这儿是为了帮助你们舍离，也可以说，”他朝悬崖那儿看看，又补充道，“为了把你们留下。”

“我才不要留下呢，”布洛迪飞快地说，“我才不要舍离呢。我要回去。”他的心满满的，装的都是他的男孩呼唤他名字的声音。那个并非天使的“天使”完全知情。

“你过来啊，布洛迪。”少年说道。他的声音非常温和，抚顺了布洛迪背上竖立的毛发。

天使伸出一只手，布洛迪有点犹豫。他回头看看萨莎和塔克。他们俩看起来并不害怕，只是站在那儿，瞅着他。

布洛迪走上前，投入了天使的怀抱。

布洛迪把头放在天使的膝盖上，听凭他摩挲自己的耳后，抚弄自己背上的毛发。这一双手以前爱抚过小狗，知道怎么做才是恰到好处。每一次摩挲，每一次爱抚，每一次触摸，都让他想起人类，想起他们**有多么好**，想起他们能让你有多么舒服。想着想着布洛迪闭上了眼睛。

“让我来告诉你吧，布洛迪。还有你们俩，”天使对萨莎和塔克说，“听着。”他跪在泥土里，一只手仍然抚弄着布洛迪的背，另一只手越过那片阴森的森林，指向阳光普照的河堤。

“那个地方是一个过渡地带，”他说，“是一个通道。你们去到那儿，把一个黑暗的世界留在了身后。你们瞧。”天使换了姿势，转身对着悬崖的边缘。布洛迪与他一同转身，眼睛圆睁，俯视着下面的黑暗。

天使朝着黑暗挥挥手。只见白雾翻滚，越来越浓。天使又一次挥挥手，一扇圆窗在眼前的迷雾里打开。窗外闪动着星光点点的黑暗。天使再一次挥挥手，一个发光的蓝色星球出现在他们面前。布洛迪认得这个星球。尽管从没这样看过它，尽管从不知道它的全貌，布洛迪却知道，它就是**那个世界**。他来自的那个世界。他的男孩所在的那个世界。

那个世界拉得更近了。他看见了海洋，陆地和白云，他顿悟。

他的心飞奔起来，尽管四只脚还在地上，眼睛却远在另外一个世界。随着他满世界的狂奔，许多画面从他眼前闪过。天使为他挑选的画面。

他看见一只皮包骨头的狗在垃圾旁喘息。他看见一个面目狰狞的男人，正对着蜷缩在墙根的小狗举起了木棒。他看见冰雨在下，一个女人和一只小狗瑟瑟发抖地挤在湿漉漉的报纸下躲雨，路人从旁边经过，对她们不理不睬。他看见一只跛脚狗慌慌张张地过马路，速度奇慢；一辆汽车正从他身后飞驰而来。保险杠撞上了狗的后腿，把它残缺的身体扫进了排水沟。他闭上了眼睛。他看见了许多东西，他顿悟。

“那个世界吗？它可是一个阴暗的地方，有暴力有绝望有残忍有痛苦。不过，它也有许多美好，有许多光明，爱心和希望。很美。”

天使又一次挥挥手，布洛迪眼前有了另外一番景象。他看见一个女孩弯腰，把一半三明治分给了人行道上的一只流浪狗。他看见一个男人把一只爬不上台阶的老狗抱上前廊。他看见淋着冰雨的那个女人和那只小狗，不过这一次他看见，女人伸手扯着报纸，为小狗颤抖的肩膀遮风挡雨；小狗心怀感激，不住地舔着女人沾满灰尘的手。他看见一个生病的男孩，面容苍白，奄奄一息地躺在床上——一只小狗耐心地蹲在旁边，两眼盯着男孩，不离不弃。

“没错，”天使说道，“有很多的美好。那个世界很重要。正是在那儿我们发现善良，创造美好，检验自己的勇气。不过，那儿的一切都纠缠不清，你无法把美好从悲苦中剥离。”

天使挥挥手，眼前那些游动的画面猛然加速。一切都一闪而过：痛苦与忍耐，善良与残忍，仁慈与疯狂。布洛迪目不暇接。

“只有从这儿你才能看到一切，领悟一切，找到内心的平静。你需要……**大真**，布洛迪。你需要走进光明，才能看到阴影散去。”

天使又一次挥挥手，布洛迪马上看见了一切。视域突然扩大，他看见，无垠的黑暗中，那个湛蓝色的世界熠熠发光。同时他还看见，成千上万个美好的悲伤的瞬间一闪而过。他顿悟。

天使放下胳膊，身体后仰。浓雾又开始升腾，把他们一直透视的那扇圆窗遮掩得严严实实。布满灰尘的悬崖下面什么都没有，只有深不见底的黑暗和迷雾。

“你无须下去寻找内心的平静。只要你愿意，平静会飞升到你面前。所有美好的事物最终都会飞升而上。这儿是你的美好摆脱最后一丝黑暗、悲伤和阴影的地方，这样你才能轻轻松松地舍离。这才是**你**需要做的，布洛迪。”

布洛迪抬起头，看着天使那双温暖的绿眼睛。

“如果我做不到呢？”

天使闭上了嘴巴。

“有些狗认为自己做不到，结果就困在了这儿。或者更加糟糕，他们想回去，就像你一样。可是，你听着，布洛迪。如果你困在了这儿，那是因为那个世界里还有牵绊你的东西。你不能与之和解或者你不能放手。有时候，呃，按理说，他们回到从前，灵魂应该学会放手，舍离，然后进入永恒。不过，你听着。这个几乎不可能。**几乎不可能**。大部分回到从前的狗……只会把牵挂的东西攥得更牢，只会更难放手。他们只能待在那儿，直到……直到生命消失。呃，他们的灵魂消失。他们被困在那儿，不生，不死，就像……幽灵。像尘埃一样困在黑暗里。就像幽灵。”

奇怪的是，布洛迪居然听懂了他的话。这些话触及他的灵魂深处，几乎让他悟到了其中的真谛。

可是——

阴暗的记忆依然在布洛迪的心中回荡。记忆中他的男孩有一张恐惧的脸；记忆中他感到痛苦不堪，因为他在艾登需要的时候，表现得令人失望。他摇摇头，想理清自己的思绪。

布洛迪要做什么？他**想**参悟那个大真。

可是他参悟不透。因为有一样东西不会改变，那就是他对那个男孩无法割舍的爱。这种爱才是他所能想象到的最大的真。

布洛迪凝视黑暗，然后抬头看着天使。

“我……我……我必须回去。很抱歉，我要去见我的男孩。”

天使眉头紧皱，嘴巴紧闭。他向前倾着身体，开始说话。他的声音依旧和善，温情却被残酷的真相所代替。

“听着，布洛迪。你说你要回去见你的男孩，我能理解。真的，我能理解。所以你更应该留在这儿啊。要是你回去，说不定你就再也见不到你的男孩了。”

“怎么会呢？”

“就是会呢，布洛迪。那个世界所发生的一切注定会发生。现在，你与那个世界无关，那个世界也与你无关。将来有一天，你的男孩会像你一样离开，来到一个类似这样的地方。然后，你的男孩会放手，会解脱，会进入永恒。布洛迪，你可以在永恒之地等他。等到那时，布洛迪，你就又能**和**他在一起了。真正地在一起。但是你必须在永恒之地。如果你现在回去，就像你打算的那样，也许你能**见到**你的男孩……可是你不会和他在一起，真的不会。几乎可以肯定，你会被困住，你会失去灵魂。可是你的男孩会离开。那么你就永远永远不能和他在一起了。布洛迪，如果你在那儿错过了，你就失去了一切。”

天使把手从布洛迪的背上拿开。他起身，走到黑暗的边缘，举起了双手。

“如果你要走，那就走吧。那就跳吧。我不拦你。可是布洛迪，如果你的男孩在这儿，他会劝你放弃。相信我，他会求你留下，求你不要回去。”

天使叹了口气。他望了望面前那片深不见底，狂风怒号的黑暗，然后回头看着脚下的这只小狗。

“好吧。这是你的抉择。布洛迪，你想吗？你想回去吗？”

布洛迪做着激烈的思想斗争。

他想起了那段可怕的记忆，想起了他的男孩面临危险，呼喊着他的名字。这时，他只想奋力向前，扑进那片黑暗，解救他的男孩。不过，他又想到了风险，想到了天使说过的他必定失去的东西：他自己，他的灵魂，他的男孩。永远地。永远。

“我想……”他低头看着蹲伏的黑暗，“我想……”

这时，天使示意他安静。

“等等，”天使低声说，“嘘……”布洛迪抬头，顺着天使的目光，朝着萨莎所站的地方望去。

萨莎听见了一切。她看了看那片黑暗，然后回头看了看阳光、小河、草地。她看见了。她听见了。

萨莎怎么啦？她悟出了一切。

她从他们身边走开，退到了那条土路上。她竖着耳朵，身体一动不动，双眼既没有盯着远处的河水，也没有看着浓雾翻滚的悬崖……她向上看着，看着白云，看着蓝天，看着朝她延伸过来的那束金光。

看着眼前发生的一切，布洛迪急忙向她走去。

可是塔克站了出来。他挡在布洛迪面前，用肩膀拦住了他。不过动作很轻。

塔克为什么要这么做？因为他是一只好狗。尽管做只好狗很难。

“我就知道她快了，”塔克说，“我们看着那只小狗舍离的时候，我就看出来了。”

“可是……可是她……”布洛迪想说什么。

“别，兄弟。她准备好了。这是个好事。”

话虽这么说，但布洛迪听得出来，塔克有点言不由衷。至少不完全是。

“喏，她要走了。”塔克小声说。果然她离开了。

就像先前一样。完美的光。盘旋的萤火虫。萨莎闪烁，飞升，闪耀。然后她开始消逝。布洛迪发出一声低呜。

她摇着尾巴，就要消融在闪耀的金光里了。布洛迪最后看见的便是她那条棕色的尾巴。

然后金光变暗。飘浮的光点一个接一个熄灭。萨莎不见了。

布洛迪面临抉择，一颗心已经提到了嗓子眼。他看着这一幕，心开始颤抖。

舍离，简直太美了……可惜它有着太明显的**永恒感**。布洛迪注视它的时候，就感觉到了：永恒进行式充满了永久的意味。萨莎不见了，永远不见了。

“好样的，萨莎，”塔克哑着嗓子低声说，“好样的。”

随着一声叹息，塔克垂下了他那颗硕大的黑色脑袋。

天使走过来，站在他们身边。他伸出双手，分别放在了他们的背上。

“这个，”他说，“这个才是你应该做的。拯救你的灵魂，而不是放弃它。我知道很难。可是，布洛迪，你要寻找，寻找大真。算我求你了。**求你了**。”

正是这一声**求你了**起了作用，斩断了布洛迪的犹豫不决。正是这一声**求你了**强化了萨莎离去的永恒感。

因为那个并非天使的天使说出的这几个字，唤回了那段记忆。那段阴暗的可怕的充斥着利齿的记忆。它从他身后的悬崖下升腾，咆哮着直奔他的脑海。

这一次，记忆浮现得更多。

又一次，到处都是黑暗。男孩的一只手紧紧地搂着他。可是这一次却有气味，刺鼻的辛辣的烟草味。**香烟**。就是这个词牢牢地与痛苦的记忆捆绑在一起。还有另外一种气味，酸臭得叫人想吐。**啤酒**。某个看不见的地方，一台电视机正发出刺耳的噪声。

他听到了艾登颤抖的呼吸，感觉到了贴着自己那个身体里的恐惧。即使是在记忆中，这种情形也让他心碎，让他毛发直竖，让他张牙舞爪。男孩恐惧的气息里混合着泥巴的气味。这是记忆的一部分，可是他却不知道，怎么会这样，为什么会这样。

传来一声叫喊，一声野兽般的咆哮，然后是冲着他们而来的脚步声。一个影子硕大，将他们笼罩的怪物赫然耸现；它庞大，冷酷，气势汹汹，踉跄着朝他们扑来。布洛迪畏缩了；他夹起尾巴，身体瑟瑟发抖，贴紧了他的男孩。

一声巨响和一声毁碎。

乱踢的双脚。挥动的拳头。

艾登尖叫着："**不要！**"

接着又是一声："**求您了！**"

然后，又一次，传来他的男孩支离破碎的叫喊："**求您了！不要！求您了！**"

这时，布洛迪挣扎着，扭动着，挣脱了男孩的怀抱。他跑掉了。

跑掉了。

一阵模糊，一阵恐惧、痛苦、叫喊与惊慌交加的疯狂混乱。就在这时，混乱中传来了艾登的声音。

“布洛迪！”

他的男孩。在尖叫。为他尖叫。他的声音刺耳，吓人，带着哭腔。

“布洛迪！”

布洛迪浑身发抖。这段记忆让他肝肠寸断，痛不欲生。

“布洛迪！”

这一次是塔克在喊他。语气尖锐，忧心忡忡。

布洛迪摇摇头。他看着塔克，气喘吁吁，就像刚刚奔跑过。他这才意识到，自己一直在凄厉而绝望地呜咽。他咽了一口口水，停止了呜咽。

他的男孩。担惊受怕。面临危险。孤身一人。

而他自己，却跑掉了。

跑掉了。再也没有回去。

“又想起了一段记忆吗？”塔克问道。

布洛迪没有回答。

他不在乎黑暗。

他不在乎阴影，只在意它们何时何地出现。

他不在乎内心的平静，或者飞升的美好。

他不在乎大真。他不在乎天使。

他只在意他的男孩。

就是这样。

他抬头看着天使。

“我要去，”他说，“我要回去。马上。”

4

布洛迪走到了黑黢黢的峡谷边。天使走过来，站在他身旁。

“你说过你不拦我。”

“我不拦你。”可是布洛迪觉得，天使有点伤心。他甚至……有点……不耐烦。

那只勇敢的小狗停顿了一下。然后，他抬头看着天使，咽下一口口水。

“我很抱歉。”他说。

天使摇摇头。他弯下腰，挠了挠布洛迪的下巴。

“好啦，布洛迪。你不用道歉来着。”

布洛迪看着天使的眼睛。

“我只要……跳下去吗？”

天使点了点头。

“嗯嗯。不过，你必须先选一个地方。**那个选定的地方**。那个你想回去的地方。”

“好的。然后……我就会……到那儿？”

“嗯嗯。不过呢，布洛迪，你要明白。你要回去，可你不再是原先的模样，而是**现在**的样子。一个魂灵。仅此而已。你要回到一个活生生的世界……回到那儿的你却是一个死亡之身。”

布洛迪深深地吸了一口气。

“明白。”

他朝着悬崖边又走了几步。他俯视着那片寒风阵阵，浓雾升腾的黑暗。没有气味，只有寒冷。他开始浑身发抖。

“在那个世界，你的魂灵还会存续一段时间，”天使说道，“你甚至还能看到它的光芒。不过，它会随着时间的流逝而消逝。等到你光芒殆尽，布洛迪，你就会被困住。你就会**迷失**。永远。”

迷失这个词在他的心里咯咯作响。布洛迪懂得它的意思。模糊的记忆提醒着他，还有萦绕不绝的恐惧：沿着大街狂奔；发疯似的挨家挨户地打听，询问一个又一个人；一切都那么奇怪和陌生；嗅着空气，却嗅不到自己熟悉的气味；绝望地四处寻找他的男孩。**迷失**。他的心在颤抖。

天使在他的身边跪下。

“你只管去做需要做的事，然后趁早回来。”

布洛迪深深地吸了一口气。

“我怎么才能回来呢？”

“你准备回来的时候，就对着月亮嗥叫。无论是白天还是黑夜，只要你仰望天空，月亮就会出现。只要你嗥叫，我就会来接你。”

“听起来倒也不难。”

天使笑了。不过，就像他对布洛迪的大多数微笑，笑容里并没有多少快乐。

“嗯嗯，听起来是不难。不过那个世界……有它自己的运作法

则。那个地方乱七八糟，善恶并存，不会轻易让你解脱。”

他用力挠着小狗，手指穿过毛发，摸到了布洛迪的肌肤。感觉真好。

布洛迪又向前迈了一步。

“明白。我准备好了。”

他冲着面前的黑暗抽动鼻子。然后，他战战兢兢地抬起一条腿，向前弓起了身子。

“等等！”

塔克朝他走了过来。只见他浑身颤抖，眼神却无比坚定。

“布洛迪，停下。”

“不行，我义无反顾。”布洛迪告诉他。

“嗯嗯，”塔克说着，停在了布洛迪的身边，“我知道。”他看看脚下的黑暗，又看看布洛迪的眼睛：“兄弟，我陪你一起去。”

塔克望着天使。不过，天使并不惊讶。

“我在这儿待得够久了。”塔克说道。他耷拉着尾巴，眼睛黯淡下来，看着地面。“我目睹过很多狗进入永恒。我看着他们在这儿出现。我看着他们趋近舍离，我又看着他们消失。我知道趋近舍离有什么样的表征。我想我甚至打心眼里知道，趋近舍离有什么样的**感受**。可是我一直在这儿，不但没有趋近舍离，”他咽下一口口水，抬头看着天使，“我反而觉得，自己一直在走远。”他瞟了一眼空旷的黑暗：“也许我在这儿找不到平静。也许我只能在那儿获得平静。和布洛迪一起。”

“你听我说，塔克，”天使说道，“如果你陪布洛迪回去，你只能去他要去的地方。回归**他**原来的生活，而不是你的生活。你大可不必——”

“我不想回归我的生活，”塔克坚定地说，“我要陪着他。说不定呢，要是我……要是我帮他找到了平静，我也会获得平静。要是不能呢，我随时可以嗥叫，对吧？那时你就会过来接我，对吧？”

塔克的声音里有笑意，尾巴也在摇动。可是布洛迪看得出来，塔克在害怕。天使也看出来了。

“那边很危险，塔克，甚至比你活着的时候还要危险。”

塔克的尾巴摇得更欢了。

“那我就更得陪陪这个伙计啦。再说了，那边还没谁能比我跑得更快呢。”他把目光转向布洛迪，“你说呢，布洛迪？我能和你做个伴吗？”

一想到自己扑进黑暗的时候，有塔克陪伴在身边，布洛迪也开始摇动尾巴。

为什么塔克是不二之选呢？因为无论你是上刀山，还是下火海，他就是你想要的那种伙伴。

“好啊，”布洛迪回答，“当然能咯。”

塔克走了过来。两只狗摇着尾巴，兴高采烈地开始转起了圈。他们的灵魂闪闪发光，是那么纯洁，鲜亮和乐观。不过，只有天使看得见。

看着眼前这一幕，天使更加伤心。他不知道自己能不能眼睁睁地看着两个美好而纯洁的灵魂迷失。

“说不定很好玩呢。”塔克又蹦又跳。

"那还用说。"布洛迪回答。可是他的一颗心还在狂跳不止。

"你选好地方了吗？"

布洛迪停下，一动不动地站在那儿，闭上了眼睛。

他搜寻着自己的记忆。他只有三个片段：球，雪，还有怪物。

他回放了那段雪的记忆。艾登在开怀大笑，天很蓝，冷天很好玩，一点都不可怕。公园里有滑梯有秋千有躲猫猫的地方。他的男孩熟悉这个地方。他的男孩常来这个地方。而且至少在那天，这是一个充满欢乐的地方。

"选好了，"他说，"我知道我们要去哪儿了。"

"太好了，"塔克的尾巴摇得更欢快了，塔克好动，何况大家又在悬崖边站了太长的时间，"那么，我们出发吧，兄弟。"

天使跪在他们中间，两只手分别放在了他们的背上。

"你们都是好狗，"他说，声音小得犹如耳语，"你们俩都是。记着，做只好狗。"

天使站了起来。

"好啦。万事俱备，只等你们出发了。那个世界正等着你们呢。"

布洛迪朝着悬崖迈出一步。然后又是一步。塔克抵着他的肩膀，尾巴还在轻轻地摇摆。布洛迪没有摇动尾巴。他们肩并着肩，一起奔赴黑暗。

天使坐在那儿，看着布洛迪行动。他别无选择，却又惶惶不安。因为他知道，这两只狗有多么美好。因为他知道，他们返回的那个世界有多么危险。他太担心了，只好用他的天使之手，惆怅地揉揉他的天使下巴。

天使看得见很多东西。看得见过去，看得见现在。看得见人们的心灵、思想和恐惧——而狗啊，猫啊，还有所有的东西都有心灵、思想和恐惧。不过，天使看不见一样东西，那就是未来。未来太大了，他们看不见。

于是，天使看着布洛迪——那只勇敢而坚定的狗——离开。他看着塔克——那个忠诚而无畏的朋友——陪他而去。天使忧心忡忡。

布洛迪站在那儿，爪子扣着悬崖的边缘，与返回地球只有飞身一跃的距离。这时，他却停下了。

黑暗像一张洞开的嘴巴，等着把他吞噬。看着眼前的景象，想着跳进黑暗的结局，布洛迪的灵魂在颤抖。他的勇气正在离他而去。

“**艾登**，”他想道，“**艾登**。”他在心里默默地念叨着这个名字。一段记忆随之浮现。一段新的记忆，恰好在他需要的时候。就像天使赠予的礼物。

只有艾登和布洛迪。黑暗中，只有他们俩，在一起。

一张温暖的床。他们合盖着一张毛毯。纯粹的黑暗，只有从对面窗帘的缝隙里投射进来的淡淡月光。

布洛迪紧贴着艾登，感受着他的温暖。

艾登的呼吸声哆哆嗦嗦，断断续续。他在抽泣。

布洛迪呜咽了几声。他轻轻地舔着艾登的脸，尝到了咸咸的眼泪。他试图抹去男孩脸上的悲伤。他只能这样。

艾登的一只胳膊搂住了布洛迪的肩膀。布洛迪钻到了他的怀里。他的额头贴着布洛迪的额头。布洛迪看见了艾登的眼睛，只不过他只能就着窗外的月光，依稀看见那双忽闪着，痴痴地盯着自己的眼睛。

就在这时，男孩说出了四个词。对作为一只狗的布洛迪而言，这四个词毫无意义；可是现在，对布洛迪这个即将扑进黑暗的幽灵来说，这四个词就是一切。

那个男孩紧紧地搂着布洛迪，说：“**你，我，一起，永远**。”

这是小小的一段记忆。没有惊天动地的元素。没有故事。没有细节。

可是它意味着什么？它意味着一切。一切。

布洛迪闭上了眼睛，一心想记住男孩的容貌。他战栗着吸了一口气，想起了另外一段记忆。那段记忆阴森可怕，那段记忆有怪物朝他们扑来。艾登散发着恐惧的气味，呼喊着自己的名字。

他不知道，自己能否做到义无反顾。可是他知道，为了他的男孩，他可以。

有时候，当你为别人而勇敢，反倒会更容易。

他把怪物赶走，想象着那个公园，那个晶莹剔透的公园，有**白雪**有**欢笑**还有那些美好的话语。

“我来了，艾登，”这句悄悄话不是说给塔克的，也不说给天使，而是他和他的男孩之间的秘密，“为了你，我来了。”

多么好的一只小狗。

他闭上嘴巴，朝着前方竖起了耳朵。

布洛迪——跳了下去。

5

一股寒风抽空了布洛迪肺脏里的空气。

他紧紧地闭着双眼。塔克在一旁瑟瑟发抖。

一种挤压一种前冲一种坠落的感觉。

一股巨寒攥起拳头，把他捏在手中。寒气不仅浸入了他的毛发他的肌肤他的骨头他的心脏，还钻进了他的思想他的记忆。

他全身刺痛，然后麻木，然后灼痛。

一种上下颠倒的感觉，一种内外反转的感觉，一种飞速旋转的感觉。

然后，一片死寂。

然后，他感到脚下潮湿冰冷。

一辆汽车引擎的声音，在远处隆隆作响。

泥土和垃圾的气息。

布洛迪睁开了双眼。

他眨眨眼，看着四周。

只有黑暗。

有那么一会儿，他觉得自己失败了。不知怎的，他被困住了，困在了两个世界之间。他的喉咙里发出一声哀鸣。

然后他仔细观察，黑影有了形状。

远处，几盏闪烁着微光的街灯。一辆停放着的汽车。空旷的白色雪野。几个空荡荡、静悄悄的秋千。

他抬头望去。月亮躲在乌云后面，发出幽幽的光。云彩被风推着，开始散开。有那么一会儿，皎洁的月光一泻而下，照着齐腿深的积雪，让长凳，滑梯，还有野餐的桌子纷纷现形。他记得每一样东西。亲切的感觉席卷了他，温暖得就像人类爱抚的手指。

“我们这是在哪儿呢？”塔克在他身后问。

“我们在公园呢，”说着，他开始摇动尾巴，“我的男孩的公园。”

他转过身，对塔克咧嘴一笑。可是看到塔克，他愣住了。

“天哪。”

塔克也在盯着他，而且和他一样，也是两眼圆睁。

“哎哟，”他回应着，“天哪。”

塔克在**发光**。他的皮毛闪着奶油般的金光。那些萤火虫般的光点，那些他们在小狗永恒时看到的光点，飘飘浮浮，盘旋在他周围。

“哇，兄弟，”布洛迪悄声说道，“是你的魂灵。和天使说的一模一样。”

塔克放慢尾巴，围着他转圈。

“可不，兄弟。你也是。”

布洛迪低下头，看到自己的身体环绕着同样的金光，周围盘旋着同样的光点。

布洛迪站在那儿，头一次看见自己的灵魂闪着奇妙的光。他想起了艾登的欢笑。他想起了他们在雪地里玩的时候，还有另外几次，艾登发出的欢笑：那是嘴巴张开发出的声音，眼睛闪光发出的声音，尾巴摇摆发出的声音。**欢笑**。那是开心发出的声音。这时，看着自己金色的皮毛和闪耀的光点，布洛迪想笑。他不知道怎样欢笑，可是他知道，欢笑的感觉。

那么灵魂呢？拥有它是一件美好的事情，失去它是一件可怕的事情。可惜布洛迪当时并不知道。

塔克冲着空气摇了摇鼻子，嗅着夜的气息。

"布洛迪，你闻到了吗？"他问道。

布洛迪闻了闻。

"什么啊？"

"**每一样东西啊**，兄弟。每一样东西。"

布洛迪又闻了一次，明白了他的意思。

在天上，也就是他们来自的那个地方，只有几种气味。泥土、小草、河水、小狗，他们都很好闻，又新鲜又纯净。

可是这儿有太多的气味。布洛迪闻到了汽油、木材和人类的气味。他闻到了猫尿，汽车的尾气，烹饪的饭菜，还有公园边上满满的垃圾桶的气味。这儿有一百种气味，甚至更多。有些气味好闻，有些气味难闻，全都搅混在一起。他的鼻子贪婪地嗅着这些味道，就像他的舌头贪婪地舔着河水。并不是因为它们好闻——天上的气味肯定比它们**好闻**，他这样想着——而是因为它们闻起来更加**多种多样**。

"来啊。"塔克说道。他欢快地摇着尾巴，眼睛格外明亮。其实他还没说出口，布洛迪就知道了他要说的话。

“我们奔跑吧，布洛迪。**我们奔跑吧**。”

塔克开始飞奔，布洛迪紧随其后，尽量跟上他的步伐。两只狗在夜色朦胧的公园里奔跑，他们的灵魂闪闪发光，让布洛迪突然想起了某个炎热的夏夜里，他的男孩在公园里燃放的**烟花**（奔跑的时候，这个词在他的脑海里激活）。

就在他们奔跑的同时，更多的记忆开始浮现。记忆一个接着一个，进入他的脑海。

他们跑过一个巨大巨陡的金属滑梯。他记起来了：

艾登正站在滑梯顶上，挥舞着手臂以保持平衡。他专心致志地避免摔跤，脸上的笑容出现，消失，又出现。他自己呢，则紧张得走来走去，不停地咕哝和转圈。“布洛迪，你会接住我吗？要是我摔下来，你会接住我吗？”那时他还不懂这些词，不知道他的男孩发出这些声音的意思，现在他懂了。“会的！”他想冲着男孩吠叫，“会的，艾登！我会接住你的！”

他们抄近路，钻长凳，跑过一张野餐的桌子。他记起来了：

一场大雨突袭了周遭的世界，他和艾登挤作一团，蹲在野餐的桌子下面躲雨。雨点砸向他们头顶的桌面，落入他们身边的小水洼，往空气里注入雨的气味和歌声。他爱泥巴，爱湿润，爱亲近艾登，所以他快活地摇着尾巴。就在这时，他看见了艾登恐惧的神色，看见了他苍白的脸和圆睁的眼睛。艾登正低头看着自己被泥巴糟蹋得无可救药的衣服。“噢，天啊，”他一遍又一遍地说着，“我闯大祸了。噢天啊噢天啊噢天啊。”他的声音发抖，吓得布洛迪的尾巴都不敢摇摆。布洛迪去舔他的手，他的脸，他的耳朵。他想帮忙，可惜于事无补。

他们绕着一个旋转木马转圈。破旧的生锈的旋转木马静悄悄，空荡荡。他记起来了：

艾登把他抱上木马，推向中间。他的爪子蹭到废旧的金属物件，咔嗒作响。“准备好了吗？”他的声音笑意盈盈。这时，艾登抓住木马，开始奔跑。他越跑越快越跑越快，旋转木马从隆隆作响到吱吱呀呀再到尖声啸叫。这时，他跳到布洛迪身边，喘着粗气，放声笑着。艾登紧紧地搂着他，他们看着世界快速旋转，变得模糊。尽管他扒拉着爪子去保持平衡，胃又闹腾得厉害，布洛迪却很开心。因为只要他和艾登在一起，艾登和他在一起，哪怕世界疯狂地旋转，他们也绝不会摔下来。

就在这时，一段记忆突如其来，差点让他摔一跤：

黑暗。暑热。公园那个荒凉的树林里，他和艾登蹲在那丛最大的灌木的最深处。藏起来。艾登双手抱着他，抱得很紧，几乎让他喘不过气。艾登在抽泣，在哽咽，在喘息。眼泪的气味。鲜血的滋味。时断时续的声音。"我们会没事的。我们会没事的。我们会没事的。我爱你，布洛迪。我爱你，布洛迪。我们会没事的。我们会没事的。我们会没事的。我爱你，布洛迪。"一遍一遍又一遍。他被抱得太紧太久，只想挣开，挣脱，活动。可是他没有。他依然依偎在男孩的怀里。他知道，艾登需要他。他知道，艾登需要他留在那儿。

他停止了奔跑，他朝着那些树看去，朝着那段记忆存活的地方看去。

塔克注意到了。他停下，绕回，慢慢地走到他身边。

"怎么了，布洛迪？"

布洛迪看着他。

"我要找到他。马上。我要知道他平安无事。"

塔克放慢了那条"奔跑带来快乐"的尾巴。他凑了过来，对着布洛迪的耳朵鼓励道："好咧。反正我们就是为此而来，对吧？兄弟，你带路吧。"

布洛迪嗅着空气，寻找着他们要走的路线。塔克跟着他，蹚过积雪，来到公园边的人行道上。街灯亮着，零零星星地投下黄色的光圈。一辆汽车缓缓驶过，尾灯闪烁着红色的光。积雪被推到街边，成了一个个脏兮兮的雪堆。不过，马路和人行道却十分干净，只有水泥路上的一层薄冰闪闪发亮。

布洛迪朝着大街的一个方向张望。他一边嗅着空气，一边打量着街边的房屋。大部分房子的前廊都亮着灯，窗户透着光。有些房顶还装饰着一串串的彩灯。**圣诞节**。这个词浮现在他的脑海，随之而来的还有散乱零碎的记忆：扯开的皱纹纸，松树散发的清香，他心爱的男孩兴奋的双眼。

布洛迪朝大街的另外一个方向望去。那个方向更暗。有些房子看上去空空的，没有什么人气。房子之间空着许多停车位，只有荒草和垃圾在积雪里探头探脑。

“这边走，”布洛迪朝着那些较黑的房子奔去，“他在这个方向。”

他们沿着人行道一路小跑，爪子踩在冰面上，悄无声息。布洛迪一边看着旁边经过的房子，一边搜寻着熟悉的物件。

“我们快到了吧？”塔克问道。他兴高采烈，轻快地在布洛迪身边走着。

“差不多了。我觉得。也许吧。”

“哦，我说兄弟，太好了。”

他们一路走着，街边的房子变得更加破烂，圣诞节的彩灯也变得稀疏。有些人家的栅栏东倒西歪，上面的油漆都剥落了。乌漆墨黑的前廊上堆满了垃圾。一扇半开的门里飘出一个愤怒的声音。

前面，一盏路灯闪烁不定。一个裹着厚外套的男人靠在灯柱上。一股刺鼻的味道钻进布洛迪的鼻孔。一个熟悉的味道。**香烟**。

他熟悉这个味道。这个味道与艾登有关，与他要找的房子有关。

他们离那个人更近了。这时，塔克突然加快脚步，开始摇头摆尾。布洛迪抬起头，一下子就明白了原因。香烟男牵着一只狗呢。那只狗系着牵引绳，正蹲在旁边的人行道上。

塔克发出一声吠叫，一声友好问候的吠叫，可是那只狗对他不理不睬。他又发出一声吠叫，但是对方连耳朵都没有动一下。

他们到了街角。塔克径直跑到那只狗面前，又是嗅鼻子又是摇尾巴。可是人家压根**无动于衷**。

塔克吠叫，咆哮，呜咽。

“你好啊！”他喊道。

没有动静。

“这个家伙怎么了？”

“塔克，我觉得吧……”

没等布洛迪说完，塔克就扑了上去，用鼻子去蹭那只狗。

可是塔克没有蹭到人家。他甚至没有碰到人家。他的鼻子径直穿过那只狗的身体，仿佛对方不曾存在。然后，塔克站在那儿，整个脑袋都插进了那只狗的身体。

塔克飞快地拔出脑袋。他夹着尾巴，蹒跚而去。

那只狗终于有了反应。只见他摇头晃脑，就像有只苍蝇飞进了他的耳朵。他呜咽着四处张望，可是目光却越过了塔克和布洛迪。或者确切地说，他的目光**穿透了**他们。布洛迪看见那只狗正目不转睛地盯着自己，可是他的眼里却**空无一物**，没有一丝一毫的感知。

“刚刚发生了什么？”塔克一边问，一边后退。他毛发直竖，两眼死死地盯着那只狗。

“天使提醒过我们，塔克。我们变成魂灵了，还记得吧？所以他看不见我们，也听不见我们的声音。”

布洛迪凑到那只狗跟前，他们的鼻子几乎贴在了一起。他吠叫，然后抬头看着那个男人。男人一边抽着烟，一边看着手中的东西（**手机**，他在心里告诉自己），满脸的无聊和不耐烦。“我觉着吧，人类也看不见我们。”

塔克凑得更近，简直都能嗅到那只狗了。

“奇了怪了。”说着，他伸出一只爪子，小心翼翼地冲着那只狗捅了过去。他的爪子居然穿过了那只狗的身体。塔克的尾巴又开始摇摆。接着他冲上前，把自己的脑袋扎进那只狗的身体，又退出来。那只狗没有什么反应，只是又打了一个寒战。塔克的尾巴摇得更欢了。他又把脑袋扎进那只狗的身体，而且扎得更深，还停留了一会儿，这才猛地拔出。

“这也太疯狂了吧？”塔克的尾巴不再摇动，耳朵耷拉了下来。

“等等，”他说，“要是我们接触不到东西……你说这是不是意味着我们也吃不着东西？”他的语气格外地一本正经。

“谁在意呢？”

“谁在意呢？你在搞笑吗？你听到我的问题了吗？”

“嗯嗯……我们**死了**，塔克。我们能不能吃东西，谁在意呢？”

塔克怒气冲冲地转了一个圈。

“得了吧，兄弟。打一开始，我回来有一半原因就是冲着能有机会再吃东西的。”

“我还以为你是回来帮忙的，”布洛迪指出，“再有就是……为了进入永恒。”

“哦，没错，还用说吗，”塔克飞快地说着，眼睛看着别的地方，“那件事嘛，也办了呗。主要也就是办那件事呢。不过，你说说，兄弟……**吃喝**这件事咋办？”

“嗯嗯。我懂。这个世界上你最爱的东西里，吃喝排在第二。可是我们还有比满足你的胃口更重要的事呢。我们走吧。”

布洛迪再次出发。塔克不情不愿地跟着，把香烟男和香烟男的狗留在了身后。他们穿过马路，奔向下一个街区。

迎面走来一个女人。塔克摇着尾巴，一边冲她吠叫，一边快速地穿过她的身体。他穿过她的身体，仿佛她是一片云彩。女人继续走着，只是扯了扯破外套，把自己的肩膀裹得更加严实。

“简直**太神奇**了！”说着，他转了个圈，“你也该试试呢，兄弟！”

“再说吧，”布洛迪并没有放慢脚步，“凭感觉，我们就要到了。”

他们到了另外一个街区的尽头。那儿的路灯坏了，街角一片漆黑。布洛迪瞅瞅这边，又看看反方向。街上很僻静，街边排列着停好的汽车，紧闭的车门，还有沾满城市污秽的雪。微风把各种淡淡的气味吹进他的鼻孔。

“就是这儿！”布洛迪说着，尾巴开始全尾旋动。“就是这条街。我们就是在这儿……”不料他一时语塞，只好重新开始，“他就在这儿。就在前面。我确信。”

“真的？太好啦！我们去找你的男孩吧，到那时……嗨，看哪！**几只**杂种狗哟！”布洛迪顺着塔克的目光，朝着大街的前方，也就是他们一直走的方向望去，只见半个街区开外的一盏路灯下，一群狗，共有四只，正懒懒散散地卧在人行道上，“要过去打个照面吗？”

“不要啦，塔克。快点，我们就要到了！”

“好吧，好吧。没时间玩了。知道了，兄弟。”

话虽这么说，可他仍然站在那儿，看着远处的那几只杂种狗。

“你们这些杂种狗可真幸运啊！”他冲着那个方向喊道。接着，他发出一声吠叫，一声响亮而欢快的吠叫。

那几只狗有什么反应？他们不是应该看不见、听不到吗？

可是奇了怪了。塔克吠叫的时候，发生了一件不可思议的事。

所有的脑袋，所有四只狗的脑袋，倏地抬起，四处张望。

布洛迪不知道为什么，那几只狗转向他的时候，他的皮肤变得冰冷，正在摇摆的尾巴瞬间停住了。

6

一个接一个地，四只狗站了起来。他们对着塔克和布洛迪，纷纷昂起了脑袋。

一个接一个地，他们开始摇动尾巴。

狗摇尾巴有很多花样。不过，看到那几只狗开始摇动尾巴，布洛迪的嘴巴有点发干。他们的摇尾不怀好意。只有当一只狗看见地上有一只松鼠，而这只松鼠又远离树木的时候，他才会这样摇尾巴。

“嗨！”塔克欢快地说，听起来压根不像布洛迪那么担心，“他们听见我的话了吗？他们看得见我们吗？”他发出一声吠叫，亲热地打了一声招呼。

那四只狗沿着人行道，一路小跑，直奔布洛迪和塔克而来。

“我不喜欢这样，塔克，”布洛迪不自在地说着，往后退了几步，“我不喜欢他们的样子。”

“你瞎担心什么啊？”塔克问道。他一边摇着尾巴，一边轻快地朝那几只狗迎去，爪子差点踩到对方。

为首的是一只硕大的金毛犬，长得膀大腰圆，留着一身长毛。他殷勤地咧嘴笑着，露出满嘴的尖牙利齿。

“我说，塔克，我们还是……”布洛迪开口了，可惜为时已晚。

他们还没来得及奔跑，那几只狗就到了跟前。布洛迪还没明白是怎么回事，那几只狗就包围了他们。

“你们好啊，伙计。”大块头说。他的声音粗糙，低沉，嘎吱作响，就像卡车的轮胎轧过潮湿的石子。布洛迪眨眨眼，死死地盯着大块头的眼睛，心里一直纳闷，这些狗为什么会让他感到害怕。这时他明白了：这几只狗都没有眼白。大块头的眼睛一片漆黑……那清一色的亮黑，在白骨般的牙齿上面闪闪发光。布洛迪瞅瞅四周，他发现，那几只狗的眼睛全都一模一样：没有眼白，冷漠无情。

“你们好啊。”塔克一边说，一边不安地转了一圈，好把那几只狗看得一清二楚。他的声音第一次显得迟疑，毛发也开始耸立。布洛迪已经毛发直竖。

“你，啊哈，是一只金毛猎犬，对吧？”塔克问那只头领狗，“你认证过吧？”

对于塔克的问题，大块头不理不睬。他步步逼近，别的狗也亦步亦趋。

“瞧瞧，光芒四射呢。”头领狗说着，舌头舔了舔嘴唇。

“好多啊！”另外一只狗边说边朝前移动。

“我的天，可真炫啊！”又一只狗咻咻地叫道。他嗅着布洛迪和塔克，爪子不停地刨着地面。

“你们必定都是新来的，对吧？”大块头问，他又向前靠拢，缩小着包围圈，“我说，你们刚从那边过来，对吧？”

“你们是谁？”布洛迪一边发问，一边不住地扭头，尽量让那几只狗留在自己的视线之内。

“你就别操闲心了，新来的，”大块头回答，眼睛依然盯着布洛迪和塔克周围飘浮的光点，“你们想称呼我，就叫我大黑好了，不过，呃……”说罢，他舔了舔嘴唇。在他那双贪婪的黑黢黢的眼睛里，布洛迪看见了自己灵魂的映象：“要是我是你们，我才不操这份闲心呢。”

“好吧，不过我说，你们**到底是**谁？我的意思是……你们怎么看得见我们？”塔克问着，背上竖起了更多的毛发。

“呵呵，小菜一碟呢。”大黑回答。他侧步移动，围着塔克他们转圈。另外三只狗也如法炮制。布洛迪不安地转动着，尽量让大黑待在自己的正前方。“伙计俩还都自带闪光小灯呢。你们都是好狗，对吧？”

布洛迪和塔克没有回答。他们只是不停地挪移，尽量留意着那些狗的一举一动。

“好吧，”大黑的唠叨终于到了头，他低下脑袋，抬眼望着布洛迪，“我们是坏狗呗。”

“你们想干什么？”布洛迪问罢，快速转身，冲着一只偷偷溜到他身后的狗张开了嘴巴。

“哎哟，不干啥，”大黑一副嘲弄的语气，“就是弄点……零食呗。”

另外一只狗，一只小个头的斑点狗，突然穿插进来，冲着塔克的屁股露出了獠牙。塔克急转，咆哮，逼退了他。

“退后，善扑！”头领狗粗鲁地叫道，“老规矩，我先尝鲜。”

“哎呀，行了，大黑。那个东西多得很呢！你看看他们——”

“我说了退后！”大黑咆哮道。那只叫善扑的狗乖乖地后退了。

飞快。

“离我们远点。”塔克警告，一副布洛迪从未听过的严厉口吻。

大黑紧逼了过来。他低着脑袋，黑黢黢的眼睛盯着塔克。

“才不呢。”他说，咆哮的声音里透着贪心。

然后他扑了过来。

他毛茸茸的一身肌肉紧绷，直直地冲着塔克，铺天盖地地扑了过来。

塔克趔趔趄趄地往后退，牙齿都龇了出来。布洛迪连忙跳过去帮忙。

他的反应似乎正中大黑下怀。

只见他像蛇一样扭动身子，掉头冲向了布洛迪。布洛迪措手不及，失去了平衡。

大黑四肢发力，下颌朝前，壮硕的身体像一颗肉弹，朝着布洛迪飞射而来。

大黑出招太快。人行道上，布洛迪连忙后退，不料他的爪子却打滑了。

大黑的牙齿扎进了他的肩膀。

不。

大黑的牙齿扎进了……**他的身体**。

从来没有这样的感觉。

大黑的牙齿扎得极深，布洛迪发出一声撕肝裂肺的尖叫。大黑这一口咬下去，感觉并不像疼痛，却比疼痛更加难受。

就像一个个美好的事物永远消失。就像一缕缕最后的阳光被阴影所遮蔽。就像他的男孩发出的一声声欢笑变成了哭泣。就像他的尾巴再也不会再也不能摇摆。新词涌入他的脑海，像一记记重重的耳光：**绝望**，**无助**，**悲惨**。

布洛迪已经没有了肉体，没有了那具会让他疼痛的肉体。

可是他有心灵，他有灵魂。哦，没错。那只恶狗的牙齿对着他的灵魂，生生地咬了一口。

他的牙齿扎得更深。他摇动粗大的脖子，把布洛迪的身体弄得咯咯作响。布洛迪发出一声悲切的嗥叫。

大黑松了口。

他退了回去，尾巴摇着，黑咕隆咚的双眼冒光，身边飘浮着两个小小的金色光点。一分钟前这些光点还不曾存在。

不用说布洛迪也知道，那些都是他的光点，是他被那只狗夺走的一部分灵魂。

大黑舔着嘴唇，壮硕的身体不住地战栗。

“噢，”他说，“好**棒**。新来的，你还有这么多的货，这么多的好货。”

灵魂被吞掉一块，布洛迪痛得直喘粗气。他寻找塔克，却发现塔克被另外三只狗摁在地上，正奋力挣扎。

“放开他！”塔克叫道。他冲着那些打手狗狂咬，咬到的却只有空气。

“轮到我们了吧，大黑？对吧？”摁着塔克的一只狗发问了，“我们可以分点了吧？”发问的是一只中等个头的黑狗。他长着棕色的胸毛，一截断尾，还有一双呆板的直立三角耳。

“不可以呢，烟鬼，”大黑回答，一副恍恍惚惚的腔调，“我要先尝鲜。”他翻眼，咆哮，咆哮里透着得意和满足。“噢，**真棒**。”

他鼻子冲天，眼睛紧闭，品尝着布洛迪灵魂的滋味。他缓缓地转了一圈，舔着嘴唇，仍然闭着眼睛。

这时布洛迪看到，一只小狗松开塔克，冲着善扑低吼了一声。原来善扑正龇牙咧嘴地对着塔克，伺机下口。

“他说了等着！”那只狗呵斥道。善扑连忙后退。他贪婪地张着嘴，亮出一口獠牙。

布洛迪看到了机会。

他开始狂奔。

不是逃离，而是冲向他们。

两只狗在对峙，只有一只狗看着塔克。布洛迪侧身，使出全部力气，朝那只狗撞了过去。他用力过大，结果飞了起来，落地时翻了好几个跟头。

塔克跳了起来，一副开咬的架势。可是他们在数量上并没有占优势。

“跑啊！”布洛迪叫道。

吩咐塔克奔跑的话，你压根不用说两遍。

他们开始撒腿狂奔。

“抓住他们！”大黑咆哮道。

一开始布洛迪领先，不过塔克很快追上，然后超越。他四肢舒展，脚步飞奔。天哪，那只狗确实能跑。

他们跑着，两旁的房子快速闪过；然后房了变成了空地，黑乎乎的仓库，以及空荡荡的停车场。他们已经离开了居民区。这里有阴影有破窗，有被积雪覆盖的一堆堆垃圾。

艾登！布洛迪着急地想。他们正离他而去，越来越远！要是他们离他太远，只怕再也找不到他了！一个词语在他脑海里闪现：**迷失**。这绝非一个好词，他决不想迷失。迟疑之下，他放慢了脚步，缩小了步幅。可是就在这个时候，他听见了身后尾随的脚步声，感觉到有张大嘴差点咬住自己的尾巴。他想起了大黑把牙齿扎进自己灵魂的感觉。于是他拼命奔跑，比任何时候都要拼命，终于暂时把迟疑甩在了脑后。

他回头望去。那些追赶者铁定了心，依然紧追不舍。幸好塔克和布洛迪跑得更快，尤其是塔克。他们领先了很多，几乎有半个街区。不过，那些眼睛一团漆黑的恶狗并没有罢休。

身边闪过一栋窗户被封死的砖房。前面就是一个拐角。

“拐弯！”布洛迪大喊，“到拐角去！”不到万不得已，他再也不想远离艾登。

塔克到了拐角，来了个急转弯。他四肢滑行，但总算稳住了脚步。然后，他冲着新的方向，闪电一般地蹿了出去。布洛迪尽力尾随。也许他不如塔克优雅，不像塔克敏捷，但是他做到了。

布洛迪达到了全速。这时他才回头去看那些狗是否过了拐角。

他没有看见他们。难道他们停止了追赶？

他**几乎**要放慢脚步。

我们只要把那些恶狗甩掉，他想，依然迈动着四肢。**然后我们就能**——

砰！

有东西侧袭了他的后腿，把他撞翻在地。他跌倒了，顺势一滚，滑行了几步，这才停下。

一点都不疼——有时候，没有真正的肉体并非一桩坏事——不过，他不得不摇摇头，理清自己的思路。

就在这时，他看到了那只扑向自己的恶狗正是善扑，那只小斑点狗。他不知怎么就追了上来。只见他龇牙咧嘴，丑态尽显，再一次扑向布洛迪。

布洛迪正要跳起还击，另外三只狗出现了。他们从他身旁的那栋房子里钻墙而出，冷漠的眼睛，闪着寒光的牙齿，还有狂奔的四肢，居然齐刷刷地穿越砖墙，仿佛那些砖墙压根不存在。

对于刚刚看到的一幕，布洛迪没有时间细想。

个头稍小的两只狗看到布洛迪，放慢了脚步。他们散开，切断了布洛迪的退路。大黑一步也不错过。他冲着布洛迪吼叫，贪婪地张开大嘴，随时准备下口。他离布洛迪只有几步远的距离了。这时他四肢腾空，像噩梦一样，冲着布洛迪的喉咙飞扑而来。没时间逃走。没地方躲避。没办法阻挡。

布洛迪退缩着，准备迎接重重的一击。

它却迟迟没来。

布洛迪用眼角的余光看见一道黑影突然蹿出，从他身边飞过。黑影在半空中撞向大黑的肋部，撞得那只大狗偏离方向，滚进了两个同伙中间。

不用说，那个黑影就是塔克。为了布洛迪，他回来了。

世上有这么一种狗：为了朋友，哪怕被那么黑眼歹心的坏蛋追杀，他们也会回来出手相助。

塔克呢，正是一只这样的狗。

夜色中，他像一颗出膛的炮弹，把布洛迪从大黑攫取灵魂的利齿下救了出来。好吧，至少暂时是这样。

塔克没有减速。他趔趔趄趄，从与大黑的冲撞中稳住阵脚，却没有停下脚步。他旋转，然后再次朝着原来奔跑的方向狂奔而去。

“快点，布洛迪！”塔克一边喊叫，一边回头观望，确保布洛迪跟了上来，“快跑啊！”

布洛迪开始行动。他听到嘴巴冲他狂咬的声音，幸好他已经加速，那些嘴巴才没有咬到。很快他便尾随在塔克身后，跟上了他狂奔的步伐。他一边跑，一边使劲地想，却怎么也想不通：那些狗怎么能追得上他，又怎么能在他眼前突然破墙而出。

“别再转弯了！”等到靠近塔克，能听见他说话了，布洛迪这才叫道，“一直朝前跑！”

他们经过一个拐角，又经过一个拐角。布洛迪开始犯愁：他们在什么地方？艾登的家又在什么方向？他们已经过了他的家了吗？他们正在远离他的家吗？

他们靠近了下一个拐角。不过这一次，情形却有所不同。他们一直沿着奔跑的那条路不再延续……它遇到了另外一条路，终止在一个丁字路口，留给他们一个两难的选择：向左转还是向右转。可是布洛迪知道，转弯只会给那些狗再次追上他们的机会。

“哪条路？”眼看他们距离丁字路口更近了，塔克问道。

布洛迪奔跑着，思考着，然后他直视前方。

他们沿着奔跑的那条路**确实**到了头，被几栋黑灯瞎火的大砖房挡住了去路。但是仔细一看，布洛迪看见，房子中间有一个通道，砖墙中间有一个阴暗的缺口。**巷子**。他的心告诉他。他知道那是他们最好的机会。

“一直朝前跑！”布洛迪回答，“看到那个小巷子了吗？”

“看到了！”塔克回应道。他们一起穿过大街，钻进了那个黑暗的巷子。

巷子的沥青路面上，到处都是油污，遍地都是垃圾。路边的积雪变成了肮脏的灰色泥浆。巷子两边的墙距离很近，挡住了大部分墙后的街灯和墙上的星光，把他们的通道变成了一个幽暗的深谷。他们的追杀者还落后一段距离，却仍在追赶。他们就像塔克和布洛迪，四肢没有生命，不知疲倦。

布洛迪知道，只有一直朝前奔跑，他们才能脱身。

除非他们遇上了死胡同。

小巷突然变宽，扩成一大片方方正正的空地。空地的一边停着一辆卡车，另外一边放着几个好闻的垃圾桶。空地的周围却都是高墙，四面结实的砖墙。砖墙上有门——那种大大的金属卷帘门，就像车库的门——不过它们都关着。

塔克和布洛迪跑向空地的尽头，却又突然停了下来。空地唯一的出路就是他们的来路——而这条路会分分钟被赶过来的那四只恶狗堵死。

看到他们被高墙阻拦和包围，大黑和同伙放慢了速度，脚步变得悠哉游哉。

大黑舔了舔嘴唇。布洛迪的灵魂光点还在绕着他飘浮，映射出他那双黑咕隆咚却得意扬扬的眼睛。

布洛迪和塔克被困住了。

7

“我们必须从这儿出去。”塔克喘着粗气，一边焦急地踱步，一边看着四周的围墙。他一遍又一遍地朝着后面那堵墙跳跃。那堵墙比较低矮，不像别的几堵墙，似乎是建筑物的一部分。不过，那堵墙还是太高，难以逾越。

“没用的，”布洛迪说罢，无奈地转身，面对着那几只步步相逼的恶狗，“我们必须杀出一条血路。”

“杀出一条血路？二对四啊？兄弟，我们没有机会。”

“也许吧。可是塔克，我们别无选择。”

塔克不安地转了几圈，又是吸鼻子又是翻眼睛。此时此刻，那几只狗几乎进了高墙环绕的空地，闯入了他们中间。

塔克终于停止了走动。他静静地站在布洛迪身边，与他挨肩擦膀。他伸出下颌，稳住尾巴。

“好吧，”他说，语气有点紧张，却不惊慌，“这是我的计划。我们分头行动。那只斑点狗速度较快，我和他单挑。你趁机从另外三只狗身边溜走，然后尽快离开。你比他们快得多，完全能行。一旦你出去，我会想法摆脱他们。我们在最初那个公园里碰头。”

塔克看看布洛迪，然后对着布洛迪的耳朵，低声却严肃地说出了下面一番话：“如果我没出现在公园，你别管我。你去找你的男孩，去做你该做的事。”

“不要，塔克。听着，我……”

“兄弟，没时间争论了。”

塔克他对着迎面而来的恶狗，抖擞精神，挺起了胸膛。

布洛迪原本想争辩几句，却只是深深地吐出一口气，也学着塔克的样子，挺起了胸膛。

那两只无畏的狗已经做好了准备。

他们肩并肩，做好了为灵魂而战的准备。

这时传来了一声低语：“**老天爷**。你们俩真的这么**蠢**吗？”

塔克和布洛迪吓了一跳。

他们猛地回头，发现那个说话的声音来自他们身后。

他们身后的墙边放着一个垃圾桶，垃圾桶的后面蹲着一只母猫。她瘦骨如柴，一身棕色、黑色和白色相间的长毛。她转动一只毛茸茸的耳朵听着动静，另外一只耳朵上残留着一个粉红色的疤痕。

布洛迪一下子蒙了。他不明白，那只猫怎么能看见他们，他们又怎么能听见她的声音。

这时他看见，那只猫的皮毛闪着微光，周围飘浮着金色的光点。虽然只有四五个，却妥妥地存在。

那只猫死了。像他们一样。

她缓缓地眨眨眼睛，打了一个哈欠。

她显得强硬，烦闷。

“你……你……什么意思？”布洛迪问道。

“嘘——他们不知道**我**在这儿，怪胎。冷静，看着**他们**。”

布洛迪不情愿地把眼光转向那四只恶狗。他们已经耀武扬威地进入空地，四处散开，却依然朝着他们逼近。他们步步为营，黑黢黢的眼里闪着贪婪的光，悬垂的舌头舔着嘴唇。

“你们这些笨蛋**真的**以为自己被困了吗？”那只猫低声说，“你们要么新来乍到，要么超级愚蠢，要么两者兼而有之。嗯，没错，说不定就是两者兼而有之。”

对于那只猫的羞辱，布洛迪没有理会。毕竟那些恶狗在步步逼近，那只母猫的话给了他希望。

“我们没有被困吗？”布洛迪悄悄地追问，眼睛依然盯着那些恶狗，“猫咪，我们周围都是墙啊。”

“可不。如果你们有**肉身**，那些墙会是一个难题，对吧？”

布洛迪瞬间懂了。他想起那些恶狗为了追赶他们，居然钻墙而出。他恍然大悟。

“塔克，”他低声说道，“我亲眼所见，那些狗居然能穿墙而过！”

“好啊，”塔克说罢，冲着攻击者发出一声低吼，“可惜对**我们**没用，兄弟。”

“如果他们能行，”布洛迪回答，“**我们**也能行啊。”

塔克看看他，尾巴开始摇摆。

“我们怎么才能做到呢？”布洛迪一边向那只猫求助，一边朝着墙根倒退。

“**怎么才能**？你什么意思嘛？即使墙壁有心阻挡，也挡不住你们啊。”布洛迪用眼角的余光瞥见那只猫站起身，眼睛闭着，怡然

STUDIO
OFF

GENERA
ROCKETD
CONCIL BIN
34802

自得地伸了一个懒腰，“我说，你们**已经**知道自己死了，对吧？”

“嗯嗯，是的，不过……”

“等一下。”那只猫打断了他，然后倒退着穿墙而过。布洛迪不由得张大了嘴巴。那只猫居然倒退着，气定神闲地穿过砖墙，不见了踪影。布洛迪朝着砖墙眨眨眼，转身面对那些恶狗。

“她去哪儿啦？”塔克问道。布洛迪还没来得及回答，大黑就说话了。

“伙计，你们没地方可去啦。”他说，一副得意扬扬的口吻。他们就在几步开外，正缓缓地移动，封死布洛迪他们的退路。他们贪婪的目光追逐着飘浮在布洛迪和塔克周围的光点。

一只狗向大黑提出了疑问。他压低嗓音，嗓门却依然很大。布洛迪听得一清二楚。

“嗨，头儿。他们干吗不……”

“闭嘴，大头，”大黑警告说，“他们都是**新来的呢**，你忘了？我们要让他们领教一下这个世界的规矩，对吧？”那几只狗又向前逼近了几步。“嗯，这次我从那只丑丑的黑狗下手吧。让我尝尝他灵魂的滋味。”

“哎哟，头儿，给我们几个也留点啊！”善扑央求道。

“放心吧，”大黑向他保证，“新来的这两位这么新鲜，妥妥地大家都有份。我只是先吃掉我的那份，对吧？”

“好吧。谁排第二呢？”大头问道，“是我咯，对吧？”

“没门儿，大头！我资格比你老！大黑，你说对吧？我排第二，对吧？”

“你觉得我在乎吗，烟鬼？”大黑抢白道。

“可是我**在乎**啊，”烟鬼发着牢骚，“我可不想像上次那样被排除在外！”

塔克和布洛迪站在那儿，听着他们争吵，看谁第二个攫取他们永恒的灵魂。

布洛迪看见，就在那些狗的身后，就在垃圾桶的后面，出现了一束微光。他偷偷地瞄了一眼，看到一个猫的脑袋。它疤痕累累，从墙那边钻了进来。

“你们俩闹够了没有？”母猫小声说，“你们不是要离开这儿吗？跟我来啊。我有办法。”她的脑袋消失，然后又出现。“哦，对了，对于白痴而言，第一次有点难。不过你们一定要记住：那堵墙存在，**你们**不存在。你们**自认**会撞墙，就一定会撞墙。什么都别想，只管穿墙而过。就像穿过狗洞之类的通道，一穿而过。”说完，那只猫又不见了。

布洛迪和塔克面面相觑。

“你认为怎样？”塔克问道。

“我认为我们别无选择。”

塔克摇了摇尾巴。

“我们试试看吧，兄弟。”

布洛迪回头看着大黑一伙。他们靠得太近，让他很不自在。

“你们谁先品尝我们的灵魂，我倒不怎么关心，”布洛迪打断了他们的争吵，“我更在意你们身后的那位天使。”

四个狗头倏地转了过去。

他们为什么做出这样的反应？他们虽然一肚子坏水，却不是宠物培训学校的学霸。

布洛迪和塔克快速转身。他们不假思索，朝着那面墙扑了过去。

径直穿越那面高墙？布洛迪觉得不可思议。可是他前面见过，那些狗穿墙而出；刚才他又看到，那只猫钻墙而过。所以他听从了猫的建议，什么也不想，只管越过去。

对着那面高墙。

等到爪子再次触地，他已经到了墙的另外一边，落到了人行道上。他的面前是一条马路，身后是那面所谓的实心砖墙，旁边是**浑身**都在摇摆的塔克。

“简直**太神**啦，”塔克欢呼道，他回头看了看那面高墙，“不过，我们最好还是开溜吧！”

“这边！”那只猫在前面的街上喊着。只见她的独耳向后甩着，尾巴下垂，正在奋力奔跑。布洛迪和塔克无暇多想，只管跟着她向前狂奔。

与前面他们路过的那些街道相比，这条大街更加热闹。一辆轿车相向驶来，从他们身边飞驰而过。他们的前面，汽车正排成一条长龙，等待红灯。

他们很快便追上了那只母猫。她跑得虽快，可毕竟是一只猫。

身后传来了那些恶狗的咆哮和嗥叫，贪婪，恼怒，凶残。

“你有什么办法？”布洛迪一边追问母猫，一边与她并排狂奔。

“那辆卡车啊。”母猫回答，眼睛依然盯着前方。

布洛迪朝前望去。等红灯的长龙里有一辆卡车……一个人类用来运送东西的大家伙。它不像大多数卡车，有一个庞大的金属厢体，它的后部是一块巨大的木质平板，空荡荡的，正等着载货。太完美了！可惜平板太高，布洛迪肯定跳不上去。

“我们怎么上去呢？”

“跟着我就成，臭狗。”

布洛迪回头望去。

跟着猫的速率奔跑，那几只狗有着明显的优势。只怕他们还没赶到卡车那儿，就会被恶狗们追上。

“我们做不到啊！”布洛迪警告说。

那只猫低头，蹬腿，拼命地激发四肢的速度。

可惜没用。

塔克回头看看，估摸着追杀者的距离。然后他又回头，看着那只母猫。

“来吧，”他说，“我们加速。”说罢，他张开嘴巴，朝着母猫奔去。母猫看出了他的意图。

“你敢——”那只猫放出狠话，却根本没有机会说完。只见塔克狂奔之中咬住她的脖后颈，将她叼起。他跑着，衔在口中的母猫不住地晃悠，却没有任何闪失。母猫嘶叫，扭动，塔克晃了晃她，跑得更加拼命。

前面的绿灯亮了，排成长龙的汽车开始启动。它们向前行驶，红色的尾灯一辆接一辆地闪烁：第一辆汽车……第二辆汽车……第三辆汽车……然后是那辆平板卡车。

“我们怎么上去啊？”布洛迪又一次发问。

那只猫被塔克衔在口中，一边固执地嗥叫，一边冲着塔克徒劳地撕打。卡车轰鸣着，向前驶去。

“快点啊，”布洛迪吼道，“你到底有没有办法？”

“那辆停着的轿车！”母猫终于发话了，“借助那辆轿车！”

布洛迪看到了轿车。它就停在马路边，紧挨着那辆平板卡车。唉，那时它确实紧挨着卡车……可是现在，卡车正在离开。

“塔克，你听明白了吗？”布洛迪问道。

“明白了，兄弟。我们没问题。”他向前奔去，嘴里叼着的那只母猫还在晃悠。

卡车在加速，已经过了轿车半个车身。

他们全力以赴，拼命奔跑，一心要抓住时机。

塔克最先赶到。只见他在马路上跃起，扑向轿车的后备箱，跳上车顶，几乎没有放慢速度。他沿着车顶跑了几步，然后一跃而起，四肢张开，在路灯的光芒里穿行。

塔克的身手如何？他身手不凡，自由自在地在夜色里穿行。灵魂的光点环绕着他闪耀，母猫在他嘴巴里挣扎。不凡的身手，不凡的狗狗。

他优雅地降落在卡车的平板上，滑行，停下。

布洛迪紧随其后。他果断地起跳，蹿上了轿车的后备箱，虽然不像塔克那样轻松自如，却也十分敏捷。接着他跳上车顶，速度降了下来，双眼却没有离开卡车。还在加速的卡车眼看就要与他擦肩而过。

“快跳啊，布洛迪！”塔克喊道。布洛迪使出浑身的力气，朝着不断加速的卡车伸出了前爪。

他悬在半空中。刹那间，世界变得悄无声息。

好险。天哪，好险。

守望天使都会被吓出恻隐之心，只是他们不在场罢了。

布洛迪的前爪触到了平板的着色木，后爪却落了空，但是惯性把他推上了平板。他向前滚翻着，好不容易在距离平板边沿一爪子的地方停下，这才没从车上跌落。

他抬头去看塔克。塔克站在他面前，正欢快地摇着尾巴。响声又回到了布洛迪的耳畔：那辆卡车的发动机在轰鸣，一辆轿车在远处鸣着喇叭，四只魔鬼般的恶狗一边绝望地追着远去的卡车，一边气急败坏地狂叫。

“跳得好啊，兄弟。”

“谢谢。”布洛迪说罢，起身摇了摇头。

那只母猫被塔克的嘴巴叼着，还在荡来荡去。她不再挣扎，只是悬在半空，脑袋都气大了。她的头部被细碎的灵魂光点环绕，那只完好的耳朵背向后面，瘦骨如柴的身上毛发耸立。她的眼里冒着怒火，火药味**扑鼻**。

母猫被塔克衔在满是口水的嘴巴里，怒气冲天。

对于自己的一生，布洛迪没有想起多少。不过他敢肯定，这么气急败坏的猫，他还是第一次看到。

“**把，我，放，下**。”

“啊，对。塔克，如果是我，我就把她放下。”

塔克张开嘴巴，母猫扑通一声，跌在了卡车的平板上。塔克站在那儿，又是摇尾又是咧嘴大笑，好像在等着人家表示感谢。

母猫站起来，拱起后背，转身面对塔克。

“要不是你死了，”她吼着，低沉的声音嗡嗡作响，“我非弄死你不可。”

塔克放慢了摇晃着的尾巴。

“什么？为什么啊？”

布洛迪从他们中间穿过，走向车厢的尾部。此时此刻，卡车在飞驰。他走得很慢，这样才能保持平衡。

那些恶狗追得很紧——他们离卡车只有几个快步的距离——不过卡车正在加速，开始把他们甩开。布洛迪站在那儿，看着那些恶狗。他们要想跳上卡车，只怕是难以做到了。

布洛迪他们却做到了。

那些恶狗才不会善罢甘休呢。他们龇牙咧嘴，眼冒怒火，还在继续狂追。大黑的周围仍然飘浮着布洛迪的灵魂光点。

“我们会抓到你们的！”大黑吼叫着，“我们会找到你们，抢走你们所有的光点！”

塔克快活地摇着尾巴，来到车厢尾部，与布洛迪站在一起。他们看着那些恶狗被卡车甩得越来越远，步伐也从快速冲刺变成了耐力慢跑。

“他看起来很沮丧啊。”塔克说。

“可不。”布洛迪表示赞同。那只大黄狗分分钟被甩得更远，可是他那双邪恶的黑眼却盯着站在车尾的他们，从未移开。

“金毛犬友善，随和，生性豪爽，一向名声不错，”塔克说罢，扭头看着布洛迪，“不过，也许只有活的金毛犬才这样吧。”

布洛迪没有回答。

他想起了灵魂被攫取时的那种疼痛，那种难以承受的剧痛。

他看着那只魔鬼狗一眨不眨的双眼，还有他坚定而不知疲倦的步伐。布洛迪知道，他不会善罢甘休。

那只狗——那只丧失了狗性、咆哮不止的地狱狗——是捕食的猎手。

布洛迪的灵魂是他捕食的猎物。

8

母猫缩成一团，怒气冲冲地蹲在卡车的平板上。她用力地舔着后背，一心想清除塔克的咬痕。

“卡车兜风的感觉真棒啊，”塔克对她说，“哦，对了，欢迎你蹭我的便车。”

母猫咧开嘴巴，亮出一口尖利的白牙。

“臭狗，你敢来第二次，我非把你的眼珠子抠出来不可。”

“幽灵狗的眼珠子没法抠出来呢！”塔克嬉皮笑脸地回应。

母猫眯起双眼，气恼地甩着尾巴。

“你确定？”

塔克斜着眼，不安地看着布洛迪。

“她没得办法，对不？”

“我们还要在这儿待多久啊？”布洛迪岔开了话题。他回头望望，看见那些恶狗还在狂追。

“直到他们停止追赶呗，狗精，”母猫回答，“要不就是我们又碰上了红灯。我们最好还是祈祷吧，希望这事不要发生得太早。”她的目光越过布洛迪，盯着那些追杀者。“要知道，他们永不疲倦。所以奉劝你们也安生一会儿。说不定我们要在这个破地方待到天亮呢。”

布洛迪坐立不安。他感觉到，卡车正载着他远离他的男孩。他紧张地转了一圈，盯着追杀他们的恶狗，巴望着他们消失。那时他就能跳下卡车，去找艾登。

布洛迪怎么才能找到艾登呢？他的心里有一个指南针，永远不会迷路。

“不行，”他说，“我等不了那么久。”

“小狗，着什么急啊？”说着，母猫伸伸懒腰，躺了下来，“那些恶狗正**恨不得**把你们的灵魂撕成碎片呢！卡车正好载着我们逃走。还是放松点，好好享受旅途吧。”

“我做不到。”

母猫眯起了眼睛。

“为什么？”

布洛迪有些迟疑。毫无疑问，那只猫救过他们的命。可是他拿不准，自己有多信任她。

“我们才过来，”他开始解释，“我们才**回来**。从……那边，你知道吧？我……有件事要办。”

母猫眨了眨眼。

“你有事要**办**？”她追问着，声音里已经没有了怄气的尖酸味，“小狗，你在这儿什么事也**办**不成。你能**看**，能**想**，能**迷失**，可是你什么事也**办**不成。”

布洛迪咽下一口口水。卡车隆隆作响，载着他们在夜色里穿行。母猫的一番话让他心惊胆战。他一边寻找词语，一边平复自己的心情。

LOVE

“我必须去办。”他终于发了话。

母猫懒懒地冲着他眨了眨眼。

“啊哈，好吧。什么事呢？这个世上还有什么你**不用**办的破事吗？”

布洛迪看看星光，闭上了双眼。他想着艾登的脸，还有紧拥自己的怀抱。

“我必须找到我的男孩。我必须确保他平安无事。”

“你的男孩？”母猫冷笑道，“他要是有事你怎么办？”

布洛迪凝视着那双冰冷的猫眼。

“我去救他。”

母猫久久地注视着布洛迪。她眨眨眼，扭头看着外面的夜色。

“你们简直蠢得要死，”她说，“我真该让他们抓到你们。至少这样更痛快一点。”

布洛迪耷拉着耳朵。

“嗨，你住嘴啦。”塔克插了嘴，“兄弟，别听她乱说。她都不知道自己在胡说什么。”

“是吗？”母猫反驳道，“那你知道咯，傻瓜？”她说着，毛发直竖。“你们帮不了活人，他们也帮不了你们。相信我，笨狗。”

布洛迪舔着嘴唇，四只脚不安地踱来踱去。他看看塔克，望望远处那些变成黑点的恶狗，又瞅瞅那些他们正在经过的停放在路边的汽车。

母猫的那番话怎么了？那番话把他吓坏了，真的吓坏了。有那么一会儿，他被吓得怀疑一切，甚至自己。

可是后来……后来，他就**不再**害怕。这么说吧，全靠布洛迪心中有个指南针。无论你怎么摇晃，布洛迪的心都不会迷失。即使不知道心在何处，但是只要指针转动，它就会指向他想要的“南方”：艾登。

布洛迪不再踱步。他咬紧了牙关。

“我要试试，”布洛迪说，“我已经决定了。我要试试。我**必须**试试。”

那只猫久久地看着布洛迪，看得他不知所措。

“好啊，那就试试呗。不过你瞧，怎么着你也得在车上再待一会儿。除非你想让灵魂沦为大黑的下一个磨牙棒。”

布洛迪知道，母猫说的在理。他要是被那些恶狗缠上，只会耽搁他的工夫，让他更难回到艾登的身边。他尽量回想着天使的话，尽量回想着大真。只要等到他们看不到那些恶狗——哪怕是卡车刚刚拐过一个街角——他就跳车，回去寻找艾登。他只需深呼吸，顾全大局，耐心等待。

他回头看着母猫。

“我叫布洛迪，”他说，“他叫塔克。”

母猫冲他眨眨眼，打了一个哈欠，夸张地卷起了舌头。

“真好听呢。”她回答。

“你的呢？”

“我的什么啊？”

“你的，嗯，你的名字啊。”

母猫舔舔爪子，擦洗着耳朵后面。布洛迪还以为不会得到回答，不料母猫趁着舔爪的间隙，咕哝了一声：“帕奇。”

“帕奇？”塔克喊道，“你叫**帕奇**？”

帕奇停下来，火辣辣地盯着塔克。

“对啊。有问题吗？”

“没，”塔克说，“真是一个……**可爱**的名字呢。就是这样。”

“嘿，又不是**我**起的名字。”她最后舔了舔胸前，站了起来，来来回回地打量着塔克和布洛迪，目光追随着环绕在他们周围的灵魂光点。

“天哪，”母猫轻声说道，她眼神犀利，声音悠远，“你们这些笨狗居然有**这么多的**光格。我好久都没在一个地方见过这么多的灵魂了。”她的舌头滑过嘴唇，然后她摇摇头，转身看着别的地方。

布洛迪回头望望身后。突然，他翘起尾巴，跳了起来。原来就在他们说话的时候，卡车已经提速。那些恶狗模糊的身影几乎不见了，他们几乎消失在了黑暗之中。

“我们甩掉他们了，”他说，“可以跳车了。”

母猫伸长脖子，瞅着后面的马路。

“我才不跳呢。他们还跟在后面。最好还是等到日出吧，又要不了多久。”

“为什么要等到日出呢？”

“追杀我们的是地狱狗。这种狗不爱在日出后活动。要是你丧失了灵魂，你只会愿意守着黑暗。阳光，白天，还有忙碌的人们和动物……这一切都太**鲜活**，对吧？没有灵魂的东西**适应**不了。”

帕奇的身后，塔克正在用力踩踏卡车的平板。他用爪子去抓，然后后腿直立，用上全身的重量，将前爪砸向卡车的平板。布洛迪忍不住了。

“塔克！”他呵斥道，“你在干什么？”

“我搞不懂了，”他说，“我们能直接穿墙而过，现在却上了这辆卡车。”

“小心。”母猫干巴巴地说。

“明白我在说什么吗？”塔克继续唠叨着，“为什么我们能触及这辆卡车？”他固执地用爪子敲着下面的平板。

“小心哟。”母猫打着哈欠，又说了一次。

“没道理啊！既然我们能直接穿越砖墙，我们理应能直接穿越……”

塔克没来得及把话说完，就不见了踪影。只见他垂直落下，穿越了卡车的平板。布洛迪最后看见的是他圆睁的双眼和扇动的耳朵。

帕奇翻了个白眼。

“我提醒过他了。”

“他去哪儿啦？”

母猫扬扬下巴，朝着后面的马路示意。布洛迪转身望去，只见塔克坐在马路上，正一边摇头，一边东张西望。

看见同伴飞驰而去，塔克跳了起来，开始追赶。

“喂！”他呼叫着，“等等我！”

“他的脑子好像不怎么灵光，是吧？”帕奇问道，“我说，即使是一只狗，也不该这么不堪啊。”

“塔克！”布洛迪叫着，朝车尾奔去。

塔克全速狂奔，无奈卡车正在飞速行驶，一下子就把他甩下了好远。

“他追不上我们啦！”布洛迪说。

“可不，怕是追不上咯。”帕奇在他身后打了一个哈欠。

“我们怎么办啊？”

“我哪儿知道啊。要不就喊声‘再见’，为他祝福？”

“正经点，帕奇！”

塔克蹬腿，伸舌头，可是他的身影还是变得越来越小，越来越远了。

“天哪，如果你**一定**要和那个半傻做伴，你就跳车，去找他吧！”

“跳车？跳下一辆飞奔的卡车？”

布洛迪看着下面飞驰而去的沥青马路。他不停地跳脚，爪子伸到了平板车厢的边沿。

“布洛迪！”塔克在喊叫。

布洛迪扭扭屁股，准备起跳。

“你真的要跳啊？”帕奇问他。

“对啊。”

“嗯，好吧。让我蹭个便车。”

“啊？你什么意——”

突然砰的一声，帕奇全身的重量都砸在了布洛迪的肩上。她的爪子扒拉住他的后背，勉强挂在了那儿。冲撞让布洛迪失去平衡，向前扑去。他想后退，可惜没用。他从卡车的后面掉下来，朝着马路跌落。

9

布洛迪砰的一声，滑落到了地上。他的爪子胡乱地扒拉着，以保持身体的平衡。就在他奋力挣扎的时候，帕奇跳下了他的后背。结果他的爪子支撑不住，败下阵来。他在沥青路上翻滚，最后停在了马路中间。卡车闪烁着红色的尾灯，轰鸣着扬长而去。

帕奇冷漠地站在一旁，懒洋洋地舔着肩膀。塔克追了上来。

“好一个翻滚！”

“谢谢美言。”布洛迪说罢，站了起来，抖抖身上的肌肉。尽管他快速地撞向冰冷的沥青路面，却感觉很好。

做一只没有肉体的幽灵狗嘛，好像也不**全**是坏事呢。

“好吧，现在怎么办？”塔克问罢，不住地四处张望。路上来往的车辆多了，更多的汽车从他们身边经过，却看不见他们。天边开始泛着淡黄色的晨光。

“嗯，此地不宜久留，”帕奇回答，“那些地狱狗说不定就在我们身后呢。”

“没有，”布洛迪说，“他们落后好远呢。他们冲着我们的方向前进，不过都是在慢走。”

塔克抬起了脑袋。

“你怎么知道的？”

布洛迪眨了眨眼。他看看塔克，又望望那条马路。他知道，反正他知道，大黑那帮恶狗正沿着那条马路，不断地朝他们移动。

“我不知道。”他说。

帕奇眯起双眼，紧紧地盯着他。

“等等。大黑身上有几个光点，对吧？他从哪儿弄到的？”

“嗯……从**我**这儿。他……这么说吧，从我这儿抢走的。”他顿住了，想起了灵魂被攫取时的疼痛，那种可怕的撕心裂肺的疼痛，**“太可怕**了。”

“呵呵，好极了，”帕奇说，她毛发竖起，回头死死地盯着地狱狗追来的方向，“他抢走了你的一点灵魂，笨蛋。现在你们有了感应。你能感应到他，他也能感应到你。”

“怎么了？”

“怎么了？他能跟踪你啊。”母猫身体紧绷，毛发直竖，不停地走来走去，“快！感应他！他离我们还有多远？我们还有多少时间？”

布洛迪闭上了眼睛。哦，没错，他有了感觉。他**感应**到了大黑，感应到了他们之间微弱而可怕的关联。他感应到了大黑远处的身影。他在脑海里用思想感受着，就像你闻着一股淡淡的气味，想知道它是什么，来自什么地方。

“他……他……怎么说呢，离我们很远。反正距离不近。”

“好吧。他没在奔跑吗？”

布洛迪全神贯注，又一次感受。

“没有，我觉得吧，他在走路。现在更慢了。他感到……

嗯……他感到……”布洛迪紧闭双眼，全神贯注，一边感受着大黑，一边寻找着新的词语来描述，“他感到焦躁不安，还有点……不自在？他在寻找……阴暗的地方？嗯，没错。他们停下了。”

布洛迪睁开双眼，为自己的成功摇尾庆祝。

“对，”帕奇若有所思地说，“太阳就要出来了，他们要找个地方躲到天黑。不过一到天黑，他们就会盯上我们。你们有这么多的灵魂光格，他们才不会轻易放弃呢。”

“好，”布洛迪回答，“没问题。我们只要赶在天黑前找到我的男孩。”

帕奇白了他一眼，顿时扫了布洛迪的兴致。

“对，”她说，“没问题。我们最好赶快。”

塔克看着她。

“你要和我们一起吗？”

帕奇打了一个哈欠。

“我想是的。”

塔克咧嘴笑了，尾巴不停地摇着。

“真的啊？为什么？”

“嗯，我想想啊。我个头小，你们个头大。我快没灵魂了，你们却贼多。我很无聊，你们却……很有趣。另外，我已经死了。我还能怎么样呢？”

塔克的尾巴摇得更欢了。他高兴地舔了舔帕奇。

“够酷！这才好玩呢！我们欢迎你——”

“你歇歇吧，跟屁虫。你们两个傻瓜需要我，比我需要你们多了去了。”

塔克退了几步。他夹着尾巴，眼神却很快乐。

帕奇看着布洛迪，不快地甩着尾巴。

“我们走哪条路啊，狗精？时间不等人呢。”

幸运的是，布洛迪觉得，他们无需再走回头路，免得遭遇那些守候的地狱狗了。据他估计，前一天晚上的追逐——先是走路，后是乘卡车——走的是一个三角形的两条边线。借助日出和脑海中浮现的模糊记忆，布洛迪做出了判断，他知道他们大致要朝着哪个方向，才能折回他们出发的地方。他们没有浪费时间。

他们走着，世界在他们周围苏醒。人们走出家门，钻进汽车。小鸟唱着歌，从一棵树飞向另一棵树。小猫、小狗和松鼠自顾自地忙着追逐，溜达，吠叫，吃东西。他们做着所有动物都热衷的事，傻里傻气，毫无意义，却十分美好。三只死了的动物在这个世界里穿行，他们被这个世界包围，却又与这个世界完全疏离。没有谁冲他们吠叫，没有人弯下腰来爱抚他们。即使是塔克跳起来冲着松鼠狂叫，松鼠也不会跑开。他们的情形比隐形还要糟糕。

在一个生机勃勃的美好世界里隐形不见？这感觉并不美妙。布洛迪不由自主地想起了天使的话：**你与那个世界无关，那个世界也与你无关**。

为了打破他们之间的沉默——也为了填充自己内心的孤独——布洛迪朝帕奇抛出了一连串的问题。

“喂……到底怎么一回事啊？比如说，塔克怎么会那样掉下卡车呢？”

“也没什么复杂的啦，”帕奇说，“我们其实是不存在的，对吧？我说的是我们的**肉体**。不知道它们正在什么地方腐烂，喂着虫子呢。所以我们才能穿越墙壁，栅栏，卡车，或者其他什么都成。对于这些东西而言，我们的灵魂有着充足的，嗯，充足的存在记忆，所以我们才能变得足够真实，才能任意穿越。可是……我们没法直接穿越地球，对吧？所以吧，既然你**觉得**自己能跳上卡车，你就**能行**。一旦你想着自己在卡车上站**不**住，你就会站不住。明白了吧？”

“没有。”塔克一边兴高采烈地说着，一边没心没肺地追着一只飞过的蝴蝶。

“真让我大跌眼镜啊。”

“也就是说，什么东西可以真实，什么东西可以触碰，都是由我们选择吗？”布洛迪问道。

“差不多吧。不过，它会消耗你。每次你真切地**触碰**这个世界，每次行动前你实化自己——比如跳上卡车——就会耗掉你的一点灵魂。即使是现在走在人行道上，所有与这个世界的触碰……都会损耗我们的灵魂，每次一点点。”

“可是我能行吗？比如说，要是我真心想吃东西，我能吃到吗？”布洛迪追问。

“我想是吧。只要你尽力，你就能变得**更**真实，你就能触碰东西、咬扯东西、移动东西。不过，这会耗掉你更多的灵魂。一旦你的灵魂耗尽，**你就会化为**乌有。你就会被困住。”

布洛迪一边走一边思考。

“可是那些恶狗呢？他们没有灵魂光格，怎么还能到处走动呢？要是他们没有灵魂可用，他们怎么还能触及人行道，在上面奔跑呢？”

“那些地狱狗吗？我不知道。说不定谁都不知道呢。也许是**因为**他们被困在这儿，又一次成了这个世界的一部分。要我说，在某种程度上，他们有些**真实**，却又不可能变成现实。”

“为什么他们叫作地狱狗呢？”塔克插话道。

“谁知道呢？他们卑鄙下流，坏事做尽。他们死了，却永远进不了天堂。我觉得吧，这个名字倒是有点名副其实。”

“只有狗吗？我的意思是，有地狱**猫**之类的动物吗？”

“当然也有地狱猫啦。有一次我还遇到过地狱**鸟**呢。我给你们说，**那种**东西见一次也就够了。卑鄙下流的小东西，一点都不值得尊重。”

他们来到一个繁华的十字路口。那儿有一家加油站，一个交通信号灯和几家饭馆。布洛迪记得，人们可以开车进入饭馆拿取食物。他嗅着空气，品尝着滚汤热菜那种熟悉的油腻气味。

“要知道，那个也消耗你呢。”帕奇说。

“什么？”

“那样嗅东西啊。笨狗，你难道不**动脑子**吗？你要实化自己的鼻子，才能嗅到空气里的味道。要是你一直这么着，只怕你的灵魂都败光了你还不知道呢。”

布洛迪的心一沉。

“真的吗？可是……我怎么才能控制自己呢？”

“和狗精掉下卡车一样的操作呗。只要你不想着去嗅东西——其实，这和**尽力**去嗅东西是一样的道理——你就不会消耗了。你只能触碰——用你的爪子、牙齿、鼻子——你**想要**触碰的东西。”

“等等，”塔克打断了帕奇，“你是说只要我想，我就能吃东西咯？这是不是说我可以……吃东西了？”

帕奇紧紧地盯着他。

“你为什么要吃东西呢？你已经死了。”

塔克眉飞色舞。

“我为什么要吃东西？你在搞笑吗？在这个世界上，吃东西可是我的第二最爱呢！”

“我来猜猜啊。你的第一最爱一定是耍蠢咯。”

“才不是呢。是跑步。显得**你**多能干似的。”

“是是是，这一个我完全猜错了。”

可是塔克已经离开，走向一家饭馆外面的几张塑料桌。布洛迪不耐烦地看了帕奇一眼，尾随而去。

“塔克，你在干什么？我们必须……”

“看啊，”塔克打断了布洛迪，他激动得上气不接下气，“好**棒**啊。”

“什么？我们没有时间谈论这个，塔克。”

说着，布洛迪跑到了塔克身边。就在这时，他看见了那个东西。它就在阳光下，就在塑料桌边的一张凳子上，紧挨着一个皱巴巴的纸袋。

“**一份薯条啊**。”塔克轻声说道。他紧盯着薯条，眼神犀利，眼里放光。“嗨，猫咪！我该怎么做呢？”他低声下气地问道。

帕奇跳上凳子，站在薯条旁边。她草草地看了看薯条，一点也不像塔克那样动心。

“你知道，吃了那个东西会消耗你的灵魂，对吧？”她问塔克。

“嗯嗯，当然知道。还有什么？你就告诉我得了。”

“塔克，我们能不能继续赶路呢？”布洛迪打断了他，“别忘了，我们有点着急呢。”

塔克好不容易才把眼睛从薯条上移开，然后，绝望地看了布洛迪一眼。

“得了吧，兄弟！吃一根薯条，我们还是有时间的，对吧？就一小根薯条？”

布洛迪焦躁地望望马路，又回头看着塔克。

“好吧，你吃根薯条，但是要抓紧时间。”

“太棒了！太感谢了！”塔克回头看着帕奇，全身都在摇摆，“那么我该怎么做呢？”

“你只要全神贯注就成。你看着薯条，一心一意地，嗯，**实**化你的牙齿。只要你真心想吃，它就管用。就是这样。”

布洛迪觉得，对于塔克而言，这根本就不是一个问题。只见那只黑狗朝着薯条走去。他不再摇动尾巴，而是全神贯注，身体紧绷。他向前倾着身体，张开了嘴巴。

他猛地朝薯条咬去。

薯条消失在他的嘴里。他跳了起来，就像他咬到了薯条，特别吃惊似的。他嚼了一下，两下。他的尾巴开始摇摆。

就在这时，薯条从他的喉咙里掉了出来。嚼得半碎的薯条掉在地上，塔克耷拉下了尾巴。

“怎么回事？我吃不到薯条！我正要咽下，它却……从我的喉咙里漏了出来！”

“你只是实化了牙齿啊，糨糊脑袋。你想要吃东西，还得实化舌头。你想要咽东西，还得实化喉咙。可是……这会消耗你很多的灵魂光格呢，伙计。”

塔克根本不理会她的警告。

他把头凑到了薯条跟前。他停在那儿，全神贯注地看着薯条。接着，他风卷残云一般，把薯条吞进了嘴巴。

塔克抬起头，嚼着薯条。他又是摇尾，又是翻眼。他咽下薯条，咧嘴笑了。

几秒钟后，一团嚼得细碎的薯条从他的胃里掉到了地上。

布洛迪仔细观察。他看见，塔克有一两个小小的灵魂光点忽闪着，消失得无影无踪。

可是他还在摇着尾巴。

“你居然为了一根薯条出卖了自己的灵魂。”布洛迪说。

“哦，天哪！”塔克说完，卖力地摇着尾巴，屁股也跟着扭来扭去，他舔了舔嘴唇，“真是超值呢。”

帕奇剜了布洛迪一眼。

“要是你和这个笨蛋一起混，你最好快点找到你的男孩。只怕你们遇上第一个热狗摊，他就败光了自己的灵魂。”

“好吧，我们出发。”布洛迪说罢，又一次踏上了人行道，“我肯定我们的方向没错。”

“你‘**肯定**’吗，笨蛋？我**敢肯定**，只要太阳一落山，那些地狱狗非把你们的灵魂咬碎撕烂不可。要知道，你们可没大把时间闲逛。”

“谢谢提醒。”布洛迪回头应答。帕奇一路小跑着追赶；塔克最后看了一眼那团被他嚼得细碎的薯条，加入了他们。

“我说只要我们沿着……”他看见一样东西，就没有了话音。那东西就在前面，在等红灯。

它硕大，鲜黄，隆隆作响。它停在那儿，等着信号灯变绿。

回忆一下子涌上布洛迪的心头。

他的尾巴开始全尾旋动。

“我知道了，”说着，他加快了脚步，“我知道我们在哪儿能找到艾登了。”

10

“真的？”塔克说，“太棒了！那……怎么找呢？”

绿灯亮了，那个隆隆作响的黄色怪物开始移动。

布洛迪一见到它，脑海里便浮现出了一个词：**巴士**。接着又是一个词：**学校**。

记忆的河流开始奔涌。起初是一条小溪，然后变成一道洪流。

早晨，艾登把双肩包背到肩上，准备出发。他一边亲吻布洛迪的头顶，一边交代：“要乖哟，布洛迪。”他有许多这样的记忆，几乎全都一模一样。

他记得，他们道过别后，自己穿过狗洞，跑进后院，挤出栅栏的缺口，奔跑着去追艾登。他冲着艾登的笑脸吠叫。艾登说：“不行，布洛迪，你回去吧。”其实却不是这个意思。他们一起走在人行道上，转过一两个街角，直到学校出现在面前。接着，艾登总是停在同一棵阔叶树下。他跪下，又一次与布洛迪道别。不过这一次，他对布洛迪附加了一句悄悄话：“千万不要吵醒他，好吗？”或者是：“我不在的时候，千万别去惹他。”或者是：“我迫不及待地想见你呢。”那个时候，这些话只是声音，只是那个眯着一双忧郁眼睛的男孩嘴里发出的声音。可是现在，他懂得了它们的含义。他有许多这样的记忆，太多，太多。

然后，他看着男孩穿过马路，加入一群孩子。他们进入一栋大楼，大楼有鲜艳的窗户，飘扬的旗帜。**他离开**。

再然后，一天结束的时刻，他在那棵树下等艾登，等着看见他苍白的脸庞和紧绷的身板出现在门口。**他们回家**。

“学校啊。”他回答塔克。在关于学校的所有记忆中，在他看着艾登上学或者等着艾登放学的所有记忆中，那些黄色的大巴总是停靠在学校的前面，呲呲叫唤，隆隆作响，不是吞进孩子，就是吐出孩子。“他就在那儿。我知道。我们可以一直跟着那辆大巴。”

“那辆大巴？”帕奇问道，“那辆开走的大巴吗？”

“没错。赶快！”

布洛迪开始奔跑。他听到塔克在快步追赶，希望帕奇也在身后。即使她没有尾随而来，布洛迪也不会停下脚步。记忆中的那句话依然在他心中嗡嗡作响：**我迫不及待地想见你呢**。

我也迫不及待地想见你呢。无论他的男孩在哪儿，布洛迪在心中这样回应着他。然后，就像艾登一贯嘱咐他的那样，他也交代艾登：**我不在的时候，千万别去惹他**。

他们奔跑着。

起初还算轻松。大巴隆隆向前行驶，却又因为堵车或信号灯而减速。他们追上了大巴，大巴又超越了他们。

可是过了一会儿，大巴开始把他们甩开。车流稀了，红灯少

了，有好长一段时间，他们几乎看不到大巴。

“我们就要跟丢了！”塔克警告说。

“不要停下！”布洛迪回答，眼睛一刻也没离开过那辆灰黄色的校车。

“我们这样干跑，只怕追不上它了！”帕奇在他们身后叫道。

“你有更好的办法吗？”布洛迪怒气冲冲地问。

“真的有啊，臭狗。我真的有呢。”

布洛迪没有减速，只是回头瞅了一眼。

“真的？”

前面，大巴夹在车龙中间，在等红灯。

“太好了！”帕奇大叫道，“是时候教你们两个笨蛋跳车大法了。”

“跳车大法？”

“对哟，我自个儿发明的。你们一定喜欢。”

绿灯亮了，汽车一辆接一辆地震颤着，又开始启动。

“好啦，现在时机不错，给我们讲讲诀窍吧。”

“好啊。嗯，你们都晓得，情急时我们触碰东西是有窍门的——比如说薯条。白痴都晓得吧？”

“晓得，晓得。”看着前面的大巴隆隆启动，布洛迪急不可耐地回答。

“你们也都晓得，我们能直接穿越物体，比如砖墙。还有卡车。白痴都晓得吧？”

“得了，帕奇，我们都晓得！说重点！”

“我正要说呢，笨狗。跳车大法需要我们两者兼顾。你选中一辆汽车，如果汽车静止不动，事情最好办，不过，如果说你很在行，倒也不见得。嗯，你跳越车门，不过这个时候，你**进入**车内后，你要实化自己。嗯，实化到能够待在车上，明白吗？那时你就只管妥妥地乘车兜风了。明白了吧？”

“明白。塔克，你明白了吗？”

“我想我明白了，兄弟。”

“那好，我们选中一辆汽车。”布洛迪看着那条汽车长龙，一辆蓝色的面包车挂了空挡，还在等着前面的汽车启动，“那儿！那辆蓝色的汽车！”

塔克最先到达车旁。他一边紧张得跳脚，一边打量着面包车的蓝色金属车门。

“加油！”布洛迪说着，跑到了他身旁。

“我不知道……”

“快点，傻瓜，”帕奇催促道，“你只管像穿越砖墙那样穿越车门，然后像我们逃跑时跳上卡车车厢那样跳进车内。一边跳一边转换，仅此而已。”

塔克还在犹豫，喉咙里发出一声不安的呜咽。

他把腿收拢到身下，没把握地看了布洛迪一眼，然后起跳。

塔克的第一次跳车经历嘛，并不怎么好看。

他的幽灵脑袋撞上了面包车车门，就像……嗯，就像一个脑袋撞上了面包车车门，被挡在了那儿。**咚**的一声闷响，塔克蜷缩着身体，掉在了排水沟里的雪泥上。

如果布洛迪不是这么急着追赶大巴和寻找他的男孩，他会觉得特别好笑。

塔克摇摇脑袋，抬眼看着布洛迪和帕奇。

“我觉得不管用呢。”他说。

“噢，老天爷，我怎么一点都不奇怪呢？”帕奇嘟哝道。只见她纵身一跳，越过塔克蜷缩的身体，穿过面包车车门，不见了踪影。过了一会儿，她的脸出现在车窗那儿，望着外面的他们。

“管用着呢，糨糊脑袋。是**你**没用。”

前面，与面包车隔着两辆汽车的摩托车开始移动。

“我们必须上去了，塔克！加油！”

刻不容缓，布洛迪纵身一跳。

他想着那面砖墙，集中心思，飞越了面包车的车门。

他看见，自己飞越而过的时候，帕奇的眼睛紧盯着他不放。面包车肮脏的内壁，座位上的灰色布套，在他的脑海里闪过，他却全神贯注地实化着自己。他一心一意要跳进面包车内，就像当初他要跳上平板卡车的车厢。

他的爪子碰到了面包车的地板。他眨眨眼睛，歪着脑袋，看了看帕奇。

“我做到了！”

“啊哈。我要是有手，一定会鼓掌。”帕奇拖着长腔说。

布洛迪跳上车座，看着窗外。塔克站在人行道上，心急火燎地望着他们。

“加油！塔克，你能行！”

塔克奋力一跳。

又是一声沉闷的撞击。布洛迪看见，面包车司机——一个留着大波浪头发，戴着墨镜的女人——皱着眉头，看了看后视镜。然后她耸耸肩，又回头看着前方。

塔克又一次从排水沟里爬出来。

“我不行啊！”

“不，你能行！就像跳越砖墙一样呢，塔克！你太用力啦。只管放松跳上来就行！”

面包车前面的那辆轿车开始起步。

塔克朝他们扑了过去。

又是一声沉闷的撞击。

“**到底**什么鬼啊？”司机嘟哝着，又看了看后视镜。

“真是难以置信呢。”帕奇咕哝道。

面包车震颤着，开始移动。

塔克第三次从雪泥里跳出，跟在面包车旁小跑。可是布洛迪知道，他不可能一直都追得上汽车。

“听着，塔克！”布洛迪叫道，“深呼吸，想想那面墙。然后起跳，伙计！听清楚了吗？”

塔克透过面包车的车窗，与布洛迪四目相对。

“好的，”塔克说，“好的。”

此时此刻，面包车开得更加飞快。

塔克慢跑了几步。他决绝地闭着嘴巴，爪子扒拉着地面，开始加速，接着，他一跃而起。

他那结实的黑色身体穿门而过。

然后继续飞行。

他穿越面包车的地板，掉了下去。他的爪子，他的腿，他的身子陆续没了踪影。然后他停在了那儿。

他的脚碰到了车下冰冷的路面。

有那么一会儿，塔克的脑袋留在车内，紧贴着面包车的地板。这时面包车加速，它消失在车厢的后面。

“塔克！”

布洛迪跳回窗边，寻找着车外的好友。这时他听见了他的声音，还有一声吠叫。

“嗨！你们在哪儿？”

那声吠叫就在车内。

布洛迪趴在车座的靠背上，俯身望着身后的第三排座位。

塔克的脑袋夹在两排座位中间，脖子正从车厢的地板上消失。

他的脑袋上下晃动，眼巴巴地看着布洛迪。

“救命啊！”

“他怎么啦？”布洛迪问道。

“他还能怎么啦，他就是一个白痴呗。”

“帕奇，损人帮不上忙的！”

“唉，他显然搞对了第一步，所以穿越了车门。可是他没有实化自己，落在面包车的地板上。我说，他现在其实正在路上狂奔呢。只是他的脑袋还留在车内，和我们做了伴。我们真是三生有幸呢。”

此时此刻，面包车开得飞快。布洛迪看得出来，塔克正在拼命狂追。

“我撑不了多久啦！别丢下我不管啊，布洛迪！伙计们，你们跳车吧！”

“不行啊！我们必须追上那辆大巴！”布洛迪在座位上走来走去，却感觉到脚下的面包车正在加速，“你必须跳上来，塔克。”

“你说什么？”

“这是你的最后一搏。跳得越高越好！只要你的身体全部跳上了车，你就实化自己，落在车内。你只有一次机会。”

“我不知道自己能不能……”

“好啦，塔克。起跳！”

塔克眼睛翻白，眼神狂乱。他龇牙咧嘴，发出一声咆哮。他奋力跃起，那声勇敢而决绝的咆哮变成了一声吠叫。

他的身体蹿上了面包车的地板。它悬在半空中片刻，然后落下，笨头笨脑地摔在了面包车的后座上。

塔克冲着还在观察后座的布洛迪，咧嘴笑了。

“我能行呢，兄弟！”

布洛迪也咧嘴笑了。

“你当然能行。我就知道你能行！”布洛迪撒了个谎。

塔克翻下座位，走到帕奇和布洛迪中间。

“现在怎么办呢？”他问道。

布洛迪伸着头，朝挡风玻璃的外面望去。大巴还在，和他们隔着九辆或十辆汽车。

“我们盯着那辆大巴。”

开面包车的女人哼唱着收音机里的乐曲，压根没有察觉到，自己正载着两只死狗和一只死猫兜风。

这样也许更好。

帕奇跳上前排的座位，把爪子搁在了仪表板上。过了一会儿，她大叫起来。

“哎呀……大巴要转弯了。希望我们也转弯啊。”

“我们要是不转弯呢？”

帕奇回头看着他们。

“那么跳车大法就该大显神通咯。”

布洛迪朝窗外看去。他看见，前面的大巴正朝着另外一个方向行驶。他们等着面包车驶向大巴转弯的交叉路口。

“我们没有减速呢！”布洛迪紧张地说。

“准备好跳车！”帕奇说。

“跳哪儿啊？”

“**外面啊**，白痴。我们需要搭乘另外一辆汽车。准备好了吗？”

“不要！我才刚刚上来！再说了，人家对这个又不特别在行！”

“没事的，塔克，”布洛迪安抚他，“你只管像刚才那样穿越车门。”他双眼一眨不眨，紧紧地盯着塔克的眼睛：“我知道你能行，伙计。加油！”

“准备好了吗，伙计们？”

“准备好了！”布洛迪回答。塔克却一声不吭。

“快到地儿了。记着我们在移动，要跑着落地。”

“好的。”

塔克和布洛迪并肩站在后座上，准备起跳。

“跳！”帕奇喊道。

没过多久，他们三个便齐刷刷地跑在了人行道上。

“不错啊，塔克！我就知道你有这个本事！”

“谢谢啦，兄弟。我觉得自己——”

“行啦，行啦，”帕奇打断了他们，“你们晚点再自夸吧。当务之急是搭上下一趟车。就那辆吧，那辆黄色的旅行车。”

“可是它在开动呢。”塔克表示反对。

“眼力不错啊，天才。不过不要紧。跟上！”

旅行车刚刚转弯，速度还不是很快。母猫加快步伐，朝旅行车追去。她没有回头，轻松自如地穿过车门，落在汽车的前座上。

“别怕，塔克。加油！”

布洛迪向前冲去。他穿过后车门，准备在汽车的后座上落脚。他还没来得及站起来去看塔克，那只黑狗已经降落在了他的身边。

“不错啊，伙计！”

塔克快活地喘着粗气。

“我想我找到窍门啦。”

他们又换了三次汽车，才追上那辆大巴。到第三次跳车的时候，塔克一马当先。他选了一辆汽车，没等帕奇和布洛迪赶上，便跳了上去。

最后一辆车是布洛迪的最爱。

车上有没有真皮车座，地板是不是干净，他不关心。司机是不是在收听好听的音乐，他不关心。实际上，他甚至没有留意。

可是汽车里有一个女孩。她坐在汽车的后座上，正在看书。一个双肩背包放在她的邻座。没错，她是个女孩。而且，嗯，她还可能比艾登小一两岁。

可是这辆车依然是布洛迪的最爱。

女孩的双眼睡意蒙眬，就像记忆中艾登早晨的模样。

女孩长得太快，裤子有点短，露出了她褐色的脚踝和白色的袜子。这就像艾登大部分的裤子。

女孩看书的时候，常常会随着故事里的情节自个儿浅笑，噘嘴，扬眉。就像艾登。

布洛迪坐在另外一个后座上，呆呆地看着女孩。

塔克和帕奇蹲在汽车的前座，一边盯着那辆大巴，一边议论着他们是不是该换一辆挡风玻璃更干净的汽车。布洛迪一点也没听到他们的谈话。他只是蹲在后座，看着女孩读书的表情，看着她揉鼻子，拨开眼前黑色的卷发，对着书中的描写感叹。他只是看着女孩**稚气的举动**，在她与自己寻找的男孩之间做着比对，寻找着他们之间微小的共通之处。

为什么布洛迪会这样？因为这只狗**爱**着。他痴痴地爱着，深深地爱着。

最后，塔克的声音打断了他的痴望。

“那辆大巴停下了，兄弟！停在了很多大巴后面！”

他们的汽车也在减速，最后停在了路边。

女孩折起正在看的那页书的一角，把书塞进了背包，紧接着拉上了拉链。

塔克望着窗外。

他看到了那栋砖房，那根旗杆，那个双开门的大门。孩子们吵闹着，说笑着，涌进门里。

“跳车，”他说，“我们到了。”

11

“要知道，进去也没用。”帕奇蹲在人行道边，给最后几个进入学校的孩子让路。

“你说什么呢？”布洛迪一边说，一边走来走去。

“这可是一个巨无霸学校呢，”帕奇说，“你瞧瞧。”

这话不假。主楼有三层高，周围至少还有四栋辅楼。这是艾登在这所**中学**上学的第一年，布洛迪记得艾登说过——它比艾登先前读书的学校大了很多。

“有好几百名学生呢，”帕奇喋喋不休，“说不定有一千多。”那两个新词——**百**和**千**——涌入布洛迪的脑海，有了意义。他懂得它们的含义：“你在那儿转悠一整天，只怕也找不到他呢……”

布洛迪看着那栋里面有无数个孩子的主楼。那么多孩子，却**都不是**他要找的那一个。他对此视而不见，眼里只有他**要找的那一个**——艾登。他就在这里的某个地方，等着被他发现。

“你觉得我拼尽全力都找不到他吗？”布洛迪问道。只见他毛发直竖，一边冲着帕奇龇牙，一边朝学校走去。

帕奇打了一个哈欠。

“用不着这么大惊小怪，”帕奇抽了抽鼻子，“又不是什么生死攸关的大事。你该补补脑啦，你已经死了，记得吗？我只是提醒一下，要是你脑子够**聪明**，可惜你没有，你就该等着——”

“我才不等呢，”布洛迪打断了她，“我要进去。我要找到我的男孩。”

布洛迪朝着前面，朝着学校的双开门大门，跑了过去。

“别犯傻了！”帕奇在身后喊着，可是布洛迪并没有放慢速度。

“**好啊**，”塔克欢叫一声，追上布洛迪，与他并排跑着，“人家**一直**都想进学校呢！嗨，兄弟，你学过**餐厅**这个词吗？”

布洛迪没有学过。不过，塔克一提到这个词，他就懂了。一个画面随即浮现在他的脑海：一个放着长条桌的大房间，孩子们围在桌边，每人一个托盘吃东西。当然是在吃东西。

布洛迪摇了摇头。

“别分心，塔克，”他说，“我们可不是来这儿找比萨饼的。”

“谁说要找比萨饼啦？”塔克说，“人家可是有更大的盼头，要吃好多好多的热狗呢。对了，你吃过热狗吗？”

布洛迪吃过。咸香的记忆浮现在他的脑海，他不由自主地舔了舔嘴唇。

“没吃过，”布洛迪撒了个谎，“我要你全神贯注。你要帮我找到艾登。”

“好咧，好咧，”塔克说，“他长什么样子？”

“唔……”布洛迪想了想，艾登长得就像……艾登，“嗯，他是一个男孩。”

“嗨，我知道这个。”

“短发，褐色，就像那个男孩，但是头发要长一点。”布洛迪说完，抬起鼻子，朝着走在前面的一个男孩示意，“他的个头，我觉得，和那个拿着滑板的女孩差不多。还有……”透过脑海里的迷雾，他仔细地搜索着最近的记忆。除了那个可怕的片段，他找到那段从头至尾充满着欢声笑语的记忆。记忆中，他和男孩在公园里抛雪球玩耍。“他穿了一件蓝色的外套，一件毛绒绒的大外套。”

“好咧，”塔克说着，看了看四周，“穿着蓝外套的男孩。知道了。”

学校的大门在他们面前关上。隔着大门，布洛迪听到一阵沉闷却回旋不已的喧闹。那是几百个喉咙，几千个脚步。那是关门的声音，书本掉下来的声音，大嗓门发笑的声音，靴子踩踏的声音。喧闹中的某个地方，有一个落寞的男孩。他是布洛迪的全部。

“我们行动吧。”布洛迪说完，与塔克一跃而起，并排穿过了学校的大门。

他们跳到了哪儿？他们跳进了极度的狂乱之中。

到处都是人的腿和脚。孩子们尖叫，喊名字，跑着跳着挤着。背包乱丢，粗暴地关上金属储物柜的门，雪水洇湿的鞋子走过泥泞的砖地，嘎吱作响。太多的气味让你闻不过来，太多的声音让你听不过来。

布洛迪和塔克没法闪躲，身边又没有下脚的地方。孩子们一个接一个穿越他们的身体，让布洛迪生出一种不快的战栗感。他闪到一旁，转圈，低头，然而没用。一大群孩子懵里懵懂，径直穿越了他的幽灵躯壳，而每一次都感觉更糟。

塔克也没了精神，尾巴耷拉下来。他跳来跳去，想找可以落脚

的空地——可是他没找到几处。即使他好不容易找到了，也清净不了多久。孩子们活生生的肉体触到布洛迪和塔克闪光的灵魂，有些会身体发抖，行动迟疑，大部分却浑然不觉。

“我们随大溜吧，”布洛迪喊道，“跟着人群就好办了！”

他闪进熙熙攘攘的人流，游走在一群群孩子当中，情况才有所好转。他在大多数人中间穿行，却又不被他们碰到。他回头望望身后，看见塔克正效仿他，在两个传递篮球的女孩中间穿行。

然而，布洛迪在走廊里没走多远，他努力走在空当的妄想便宣告破灭。一个，两个，然后是四个孩子大摇大摆地穿过了他的身体。

他看见前面有一处空地。主走廊旁边一个小壁凹那儿，有几扇窗户对着楼前的草坪。“那儿，塔克！”他大叫着，穿过人群，奔向那个壁凹。

窗户下面的空间勉强够他们立足，却正是他们所需。塔克奋力爬上壁凹，与布洛迪站在一起。他们一起看着孩子们喧闹的海洋般一涌而过。

“简直疯了。”塔克说。

“可不，”布洛迪承认，“还有……他们穿越我们身体时带来的那种**感觉**。为什么那么难受呢？”

“还不是因为你的灵魂，白痴。”上面传来了一个熟悉的拖长音。帕奇正脑袋朝下，俯视着他们。原来帕奇站在外面的窗台上，脑袋穿窗而入。“我试着警告你们来着。”

“我们的灵魂。你什么意思啊？这都哪儿跟哪儿啊？”

“消费你们灵魂的不仅仅限于走路、嗅东西和地狱狗，跟屁虫。每一次触碰活物——哪怕你没有真的**触及**他们——都会消耗你的灵魂。包括每一个小小的触碰，每一次小小的刮擦。每一次一个小捣蛋穿越你们，你们就会失去一点灵魂。”

母猫歪着脑袋，瞅着布洛迪和塔克。

“没错，你们已经失去了一些灵魂，你们俩都是。比起一分钟前你们刚来那会儿，你们的灵魂已经减少。”说着，她眯起眼睛，朝后竖起那只完好的耳朵，“可惜了那些美好的灵魂，白白地浪费咯。”

“你觉得我们该怎么办呢？”塔克问道。

“我早就告诉你们了，”母猫抢白道，“离开这个鬼地方。不要再浪费你们的时间，不要再耗费你们的灵魂。”

“不可能。”布洛迪回答。

“那么，你看见他了吗？你真的在看吗？”帕奇逼问着。

布洛迪移开目光，不敢迎接帕奇扎心的眼神。

为什么布洛迪不敢看帕奇的眼神？他其实忘了去看。在那种狂乱中，在那种身体躲闪和灵魂消耗中，他甚至忘了去努力，去寻找。

可是布洛迪打死也不愿承认母猫说得对。

“要是你帮不了我们，”他冲着那张吹毛求疵的猫脸气愤地说，

“那就烦请闭上嘴巴。我们会找到他的。”

“等……等一下！”塔克说道。一个孩子在他们身边停下，去看手机，顺手把背包放在了地上。塔克嗅着空气……接着，他把头拱进帆布，钻进了背包，尾巴也翘了起来。他把脑袋撤回的时候，双眼居然闪烁着光芒：“这个孩子带了花生酱和果酱哟！”

帕奇恶狠狠地看着布洛迪。

“好吧，既然有这个天才帮你，你还要我干吗？”

布洛迪对她低吼一声，转身又冲进了走廊混乱的人群里。

他又一次闪进了大呼小叫的人河。不过这一次，他眼睛朝上，审视着孩子们的面容，寻找着他要的那张脸庞。他尽量躲避，尽量快闪，可是不管他怎么努力，他还是感觉到有手有脚有腿穿过他的身体。每一次他都觉察到，他的灵魂在一点点……一点点地减少和流失。

他听到塔克在身后叫他慢点……可是他仍然奋力前行，两眼一直盯着上面。

他看见了笑脸和哭脸，生气的脸和着急的脸，棕色的脸和白色的脸，男孩的脸和女孩的脸……就是没见那张艾登的脸。

被一帮学生的腿裹挟着，布洛迪又经过了一个窗凹。

帕奇那张被跳蚤咬残的猫脸又一次穿窗而入。

“别再犯傻了！”她咝咝地叫着，“你在白白地消耗自己的灵魂！你还想见那个愚蠢的男孩吗？那就离开这儿！”

布洛迪还在往前走着……就在这时，一群孩子追逐着叫喊着，横冲直撞地穿过了他的身体。他来不及躲闪，只是感觉到了……

那种撕心裂肺的疼痛。他的一个灵魂光点，也许是两个，被撕扯掉了，游离了他的身体。

布洛迪呜咽，咆哮，夹着尾巴逃窜。最后他缩成一团，躲在了帕奇脑袋下面的壁凹里。

塔克耷拉着耳朵，和他会合了。就连布洛迪也能看出，那只黑狗的灵魂光格少了，尾巴蔫了。

“不管用呢，兄弟。”塔克抱歉地说。

“是啊，”布洛迪承认，“我也觉得不管用。”

布洛迪站在那儿，绝望地看着那些人脸一闪而过，都不是艾登的脸。

“听着，”帕奇说，语气里已经不再那么尖酸刻薄，“这所学校有上百间教室呢。等你找到第五间教室，你要是还有灵魂剩下，算你走运。只怕还没找到你的男孩——即使是找到了——你的灵魂也早已消失，你的光格也早已耗尽了。”

“那么，你是在劝我放弃了？”

“不是。我在劝你**放聪明**呢。你每走一步，你每嗅一次气味，每一个混账小孩穿越你的身体，你都在损失灵魂。而且还是无谓的损失。你确定你的男孩在这儿，对吧？”

“是的。”

“你确定再过几个小时，他就会走出这个大门，对吧？”

“是的。”

“那就好办了，笨蛋。我们蹲在门口等他，不就结了吗？你们还能省省自家愚蠢的灵魂。就算你是一只笨狗，也不会想不到啊。”

布洛迪看了看塔克。

“我不想说，兄弟，”塔克说，“可是我觉得，猫咪说的在理。”

“是吗？”帕奇问道，“啊哈，此时此刻，我都开始怀疑人生了。”

布洛迪正要对帕奇坦承，她确实说的在理，却被塔克上气不接下气的声音打断了。

“噢，我，的，天，哪。”

只见他全身僵硬，眼睛圆睁，盯着那条拥挤的走廊的对过。

布洛迪伸长脖子，一心想透过森林般的人腿，看个究竟。

“怎么？你看到艾登了？”

这时，人腿散开了片刻。布洛迪终于看到，究竟是什么东西迷住了那只斗牛犬。

不是一个长着褐色头发、穿着蓝色外套的男孩。

而是一个放着长条桌的大房间，孩子们正在里面就着塑料托盘吃东西。

塔克抬起鼻子，嗅着空气。

“你闻到了吗？”说完，他朝布洛迪投来热烈的一瞥，“是熏肉啊，兄弟。**熏肉**啊。还有……等一下……**噢**。噢，我的天哪。”那只狗双眼紧闭，鼻翼翕动。“煎饼，还涂着糖浆呢。”他睁开眼睛，来来回回地瞅着布洛迪和帕奇，“你们可从没告诉过我，学校里供应早餐。”

“什么？”布洛迪问道，“为什么我们要——”

可惜为时已晚。

塔克冲了出去。他穿过人群，奔向餐厅。

他在里面刹住脚的时候，布洛迪追上了他。

“塔克，说真的，我们还要——”

“我知道，我知道。就给人家一分钟，好不好？”他站在那儿，鼻子吸纳着空气里的气味。

看到帕奇毛发直竖，耳朵朝后，火急火燎地赶到身边，布洛迪一时愣在了那儿。只见她转着脑袋，骨碌着眼睛，提防着迎面而来的人脚。

“天哪，我讨厌孩子。”帕奇咕哝道。

“那你**就是**一个白痴，”布洛迪说，“孩子最好了。”

“随你怎么说。我们还是离开这儿吧。省省那个笨蛋的灵魂光格，还有你的。再过一会儿，我们就能——”

帕奇突然没有了声音。

她呆呆地盯着一个女孩。

女孩独自坐在桌旁，正一边看书，一边用吸管喝着牛奶。

“是她呀，”帕奇说，她温柔的语气，布洛迪闻所未闻，“是她。”

“是谁啊？”布洛迪追问。

帕奇眨了几下眼睛，然后摇摇头，目光从女孩身上移开。

“谁也不是，”她说，“我们走吧。”

“等等！”塔克坚持道，“你认识那个女孩？她是谁？”

“我说过了，她谁也不是。”

可是塔克不依不饶。

“哎呀，人家有名有姓的啦。”说完，塔克朝女孩跑了过去。

“不要打扰她。”帕奇粗鲁地说。

“怎么啦！莫非她是你的主人不成？”

帕奇愤怒地甩着尾巴。

“我没有**主人**。我也不是宠物。她……不过是我认识的一个小孩罢了。”

“你？”塔克哼了一声，“我还以为你是一只流浪猫呢。你是怎么认识这个女孩的？”

帕奇依然怒气冲冲，语气却有了不一样的味道。嗯，还是这么说吧，压根就没有了味道。她说着话，眼睛不是看着塔克和布洛迪，而是盯着女孩。

“她家在城里开了一家饭馆，有着全城最好的废料箱。三文鱼皮啊，鸡骨头啊，里面全是高档货。他们看见我吃东西，会像别人一样，大声吆喝着把我轰走。可是她不会。她把吃的东西，真正好吃的东西，装在衣袋里，偷偷地带给我。她宠我，和我说话。即使我蹭到她的腿，她也不会把我踢开。”

她的目光离开女孩，看着布洛迪的眼睛。

“是她给我起了帕奇这个名字。她就是这么叫我的。她是唯一称呼我的人，嗯，唯一好好称呼我的人。”

大家盯着那个女孩看了一会儿。

女孩戴着厚厚的眼镜，穿着一件紫色的高领毛衣，在专心致志地看书。她看着眼前的书本，嘴唇在轻轻地嚅动。

餐厅里，别的孩子都是扎堆坐在一块儿，叽叽喳喳地说着，高门大嗓地笑着。只有帕奇的女孩静静地坐在那儿，和她的书做伴。

“她为什么要独来独往呢？”塔克问道。

“住嘴，”帕奇回答，“独来独往没毛病。”

“没毛病，只不过——”

就在这时，隔壁桌的一群孩子中，有人丢过来一个空牛奶盒。纸盒在女孩的托盘上弹起，牛奶溅湿了她的书页。别的孩子开始哄笑。他们笑得很大声，笑得很刻薄。中间有个留着板寸的黑发男孩，一边得意扬扬地狂笑，一边和周围的人击掌庆祝。

帕奇的女孩没有抬眼。她没有摆臭脸，没有翻白眼，也没有喊老师。

她只是红着脸，咽下一口口水，拉起衣袖，平静而仔细地把牛奶擦去，继续看书。可是布洛迪看见，她的眼睛湿了；她在强忍着眼泪。

帕奇呢？她也看见了眼泪。

“我们离开吧。”说着，她转过身去，面对走廊。

“什么？！”塔克问道，“难道你就不想——”

“不想，”帕奇愤愤地说，“我就是不想。”

说完，她离开了。她穿过走廊，从窗户下面穿墙而出。她没有回头，一次也没有。

塔克和布洛迪迟疑了一下，尾随她而去。

于是，他们在学校门口……守候。

最后一辆大巴开走了，只有几个孩子还在校园里走动。布洛迪叹了一口气。

别忘了大真，他想道。他已经找到了他的男孩。他知道他在哪儿。可是，即使在喧嚣的人群中找到了男孩，他又能怎样呢？何况他的大脑皮层一直在悄悄地提醒：**危险不在学校**。**危险——那个影影绰绰的怪物——就在家里**。他这么接近、这么想见他的男孩，他学过的任何词语都不足以表达他的心情。不过，他不只是回来看望男孩……他回来是为了在可能的时候帮他，在必要的时候救他。到了那个节骨眼上，他需要有灵魂撑持。如果他现在去了学校，只会白白地浪费自己的灵魂。

守候才是明智之举。

即便是明智之举，那又怎样呢？它并不见得总是心之所向，尤其是一颗强壮的心。

然而他们守着。他们穿过马路，在布洛迪记忆中的那棵树下守着。当初他还有心跳还有热血还有呼吸的时候，他就在这棵树下守候了。

那棵光秃秃的树下，布洛迪蹲守在雪地里。路边停靠着一辆轿车，帕奇蜷缩在引擎盖上。塔克看了他们俩一眼，正要蹲下，却又跑到路边的几个垃圾箱那儿，寻宝去了。

布洛迪对男孩的记忆原本就为数不多，他回想起来的更是寥寥无几。

然而，当他蹲守在那儿，等着艾登走出校门的时候，这些记忆却是他的全部。他守在那儿，闭着眼睛，让记忆一个接一个重现，一次又一次回放。

公园，球，积雪，泥巴，欢笑，拥抱，黑夜，眼泪。艾登站在滑梯上。艾登双臂搂着他。艾登向他道别。艾登用拥抱迎接他。艾登的手指摩挲他的毛发。艾登与他四目相对。艾登的脸庞。艾登的气息。艾登的声音。艾登的笑容。

还有艾登说过的话：**你，我，一起，永远**。

对于没有肉体的灵魂来说，时间是一个不同的概念。没有心跳或呼吸进行测算，它运行的方式会出乎意料。对于布洛迪而言，那个男孩是他的全部。他等着他，可能会，嗯，也许会，甚至**应该**会感觉到，那天上课的时间特别漫长，简直没完没了。可是布洛迪蹲在那儿，沉浸在永恒的记忆里，压根没留意到时间的存在。记忆里，他和艾登在一起。

和艾登在一起的感觉吗？好吧，他从来没有厌倦过。

塔克却是另外一码事。

对塔克而言，等待要难挨得多。

塔克转圈，冲着经过的汽车吠叫，跑到路尾又打转回来。他追逐松鼠，搜寻薯条，却一无所获。

“那只狗啊，”几个小时以后，帕奇忍不住抱怨道，“死都**不能**安生。”

布洛迪睁开眼睛，走出回忆，看了看那只母猫。

“是啊，我就说他是不安生的那一款。”布洛迪说。他看见一个拄着拐杖的老头经过，塔克在围着老人绕圈子。“嗨，我们怎么能那么轻松地穿越人体，简直不费吹灰之力呢？我们过来的头一个晚上，当时我们还不认识你呢，塔克居然穿过几个人的身体，自己却没什么感觉。难道他不该像撞上面包车的车门那样，撞上人家的身体吗？”

“不是这样的啦。没生命的东西——卡车啊，面包车啊，薯条啊——比较容易。有生命的东西就不一样了。你触碰不到活物，狗狗。我们与他们是阴阳相隔，现在是，永远都是。要我说啊，谢天谢地，终于解脱了。”

“怎么？有故事啊？难不成你也有想找的男孩什么的？”

“我没故事，狗狗。我没什么男孩，也没什么女孩，真的。”帕奇顿了一下，然后龇牙咧嘴，做出一个咆哮的姿态，“我从来就没有过什么人。我只有我自己，我很知足。这下你满意了？”

“好吧，好吧。我只是随口问问……”

“那就别再问了。反正你也该闭上嘴巴，集中注意力了。”

“注意什么？”

“学校大门啊，天才。你想错过他啊？”

布洛迪赶紧扭头，看着学校的大门。

孩子们说笑着，开始从学校大门鱼贯而出。铃声响了，孩子们的队伍从一条小溪，顿时变成了一道洪流。一辆大巴轰鸣着，从街上驶来。

布洛迪跳了起来。

一户人家的前廊上，有只猫在打盹。塔克原本一直在冲着小猫拼命撕咬，这时他也打个转，跑了回来。

“来了。”布洛迪兴奋得浑身发抖。

“他就要过来了，对吧？”帕奇站起来，伸着懒腰。

“你肯定吗？”塔克一边说，一边嗅着附近的灌木丛。

“肯定着呢。他就要过来了。”布洛迪很是笃定。他曾无数次看见过他的男孩沿街而来，然后又沿街回家。他曾在周末陪男孩过来，不是在学校的运动场上玩耍，就是在篮球场上投篮。这条人行道是他回家的路。

“好吧，我希望他快点，”帕奇干巴巴地说，“这个男孩让我们这么大费周章，最好有点特别。”

“他是特别的呢，”布洛迪说，“你就瞧好吧。”他目不转睛地看着孩子们推推搡搡，争先恐后地拥出鲜红的校门。

孩子们都穿了外套，戴着手套和帽子，全身裹得严严实实。他们哈出的气在面前散开，形成一个个云朵。他们互相喊叫，又是唱歌又是嬉笑又是追逐。他们疯疯癫癫，闹闹哄哄，大摇大摆地走出校门，又重手重脚地登上大巴，或者钻进等候的轿车，或者踏上人行道，回家。

塔克已经在摇头摆尾。塔克是那种见到孩子就摇头晃尾的狗狗，即使不是他的孩子，他也情不自禁。

“他在哪儿？”

“我不知道。”

“那是他吗？”

“不是。”

“那个呢？”

“也不是。”

“哦……瞧，那个戴着一只手套跑步的男孩！是他吗？”

“不是，塔克！听着，要是我看见他，我会告诉你的，好吗？”

“好吧，好吧。”塔克跑到人行道上，对着那些路过的孩子又是摇尾巴，又是嗅鼻子。

布洛迪瞄着学校门口出现的每一张脸。他热切地看看这个，看看那个，等待着看见自家男孩的那个时刻。

他看见了大孩子和小孩子。他看见了脸上有雀斑的孩子，嘴里有金属闪光的孩子，鼻子上挂着鼻涕的孩子。他看见形形色色的孩子兴高采烈地走出校门，奔向凛冽的风中。可是那些时刻——漫长的等待的时刻——转瞬即逝，他却还没有看见自己寻找的那个男孩。

他的胃开始翻江倒海。

他的尾巴耷拉着，一动不动。

成群结队的孩子变得稀稀拉拉。此时此刻，只有几个孩子形单影只地走出校门，跑着追赶同学去了。

塔克不再像刚才那样殷勤地跳跃和玩耍了。他偷偷地瞥了布洛迪一眼，终于在闹腾了几个小时之后，安安静静地站在了那儿。他的尾巴也和好友的一样，变得无精打采。

最后两个孩子，都是女孩，从他们身边经过。她们把头凑在一起，兴奋地说着悄悄话。最后一辆大巴吼叫着苏醒，又轰鸣着驶出了停车场。

塔克悄悄地走过来，站在布洛迪的身边。

“他不在这儿，”布洛迪说，“可是他应该在啊。我知道他应该在。”

塔克没有回应。

布洛迪站在那儿，不知所措，浑身发抖。

记忆萦绕在他的心头。那个黑暗的记忆，那个痛苦的记忆，那个最后的记忆。

布洛迪离开了，艾登却留下了。他留在了那儿，独自面对那个蹒跚而来的怪物。怪物有紧握的拳头，杀人的靴子，凶残的眼睛。

布洛迪的灵魂叩问着两个问题，才没有迷失与涣散：

艾登在哪儿？

我的男孩出了什么事？

布洛迪的目光从紧闭的学校大门，转向人行道上最后几个孩子行走的背影。他爪子托着下巴，蹲在了地上。

“他应该在啊。”他又说了一遍。

“奇了怪了，奇了怪了，”帕奇在他们身后说道，“结局不妙啊。要是有谁提醒你们就好了。哦，等等，我提醒过。”

“你住嘴吧，毛毛球，”塔克气愤地说，“你在帮倒忙呢。”他又转向布洛迪：“听着，兄弟，他不在这儿并不等于我们找不到他。他呕吐了什么的，也说不定。有一次我的女孩就是这样，她只好全天在家看电视来着。她妈妈居然允许我躺在沙发上陪她呢。我们吃了爆米花，伙计。**爆米花啊**。你吃过爆米花吗？又咸又香，还粘舌头，还……”

“对啊，”布洛迪跳了起来，“艾登总是翘课呢！他说不定就在家里。他**一定**就在家里。走吧。”

回家的路，布洛迪压根不用多想。他撒开脚丫，从学校门口窜了出去。

“你认识路啊？”

“对啊，我认识！”

布洛迪领着他们，沿街跑过几个街区，然后先是向左，接着向右，拐了两次弯。他们赶上几个步行回家的孩子——布洛迪和帕奇左闪右躲，绕行在他们周围；塔克却一直咋咋呼呼，直接穿越他们的身体。

布洛迪在一个街角停下，等着帕奇赶上。

“我们就快到了，”他告诉塔克，“我们可以抄近路，走小巷。”他转了一个圈，迷醉在街道和房屋突然带来的亲切感里。记忆接

二连三地浮现在他的脑海：把一只猫追到马路对面的那个院落……在街角的空地上找到半根吃剩的热狗……和艾登在那棵树下躲避暴雨。他回家了。

等到帕奇终于赶来——她一点也不像布洛迪希望的那样着急——他们走进了那条还没铺好的窄巷。小巷远离主街，积雪很深。有好几个地方，积雪都到了布洛迪的腹部——幸好他们没陷进去。他们迈着幽灵的步伐，从雪地上走过，没有留下一个脚印。

“就在路那头呢，”布洛迪说着，情不自禁地摇起了尾巴，“过了那些玩闹的孩子就到。”

“他们才不是在玩闹呢。”帕奇说。

“你说什么？”布洛迪问她……不过，他还是仔细地看了一眼。这时，他听到了一个男孩怯生生的嗓音。

“走开！”声音里有一点愤怒……但大部分是恐惧，哭腔和绝望。布洛迪听到这个声音，放慢了摇动着的尾巴。

男孩双手捂着脸，蹲在一栋矮房子的屋顶上——一个**车库**呢，布洛迪暗自想道。三个大男孩站在下面的雪地里，其中两个正拿起雪球，朝缩成一团的男孩砸去。它们不像布洛迪记忆里的雪球，在那个关于艾登的幸福记忆里，雪球很有趣很柔软……可是这些雪球却团得紧实，砸得恶毒。它们乒乒乓乓地砸中男孩抬起的手臂，引起雪地上的男孩一阵哄笑。他们笑得很丑很丑，就像被抓掉痂皮的疥疮。

布洛迪的身边，塔克发出一声低沉的哀鸣。他们紧盯着那些男孩，放慢了脚步。

“唉，人类最坏了，”帕奇说着，从他们身边走了过去，“我很高兴我死了。这些家伙一看就属于虐猫一族。”

塔克和布洛迪跟在帕奇身后，速度却放得很慢。他们的眼睛看着那些嬉笑怒骂的男孩们，还有男孩们捕食的猎物。

布洛迪停在了雪地上。

“真希望能帮帮他。”塔克说。

“是啊。”

“为什么？”帕奇愤愤地说着，并没有停下脚步，“他会回报你们吗？再说了……你们也帮不了他。那些家伙不是薯条，你们触碰不到**他们**。”

“说起来好笑呢，”塔克没有理会帕奇，继续说着，“现在的一切都变了样，包括我对事物的理解。先前……**以前**的时候，即使是我经过这儿，我也不会留意到那个男孩有多么难过多么害怕。我只会看见那些咋咋呼呼的男孩，听见他们的笑声。我会看见他们扔雪球，我会想和他们一起玩耍。可是现在……现在我……对事物有了更好的**理解**。现在，总而言之，我的眼里**只有**那个可怜的男孩。”

“我懂。我也是呢。”

一个掺杂着砾石的雪球飞起，擦过男孩蜷缩的脑袋，砸掉了他头上的帽子。帽子滑下屋顶，掉到了地上。

塔克走近了一步。

“我的意思是……我不会**关爱**。”他说。他的声音听起来细小，悲伤，甚至还有点羞愧。

塔克真的不会关爱吗？他错了。他**一直**都有那种怀有关爱之心的灵魂，而关爱并不总是需要理解。

“可是，现在你会关爱了。”

“是的，我会了。”

“**走**啦，伙计们，”帕奇喊道，她站在小巷里，不耐烦地甩着尾巴，“我们找的是另外一个男孩，对吧？再说了，天色只会越来越暗呢。”

她说的没错。冬天的太阳已经西沉。树木和栅栏的影子在雪原上延展，像一根根黑色的手指。

布洛迪叹了一口气。他努力回忆着天使的话，努力回忆着**大真**。可是当他站在那儿，看着屋顶上的那个男孩流眼泪，他不知道，大真是要他寻找自己的男孩，还是帮助眼前的这个男孩。

“下来玩啊，”其中的一个小魔怪喊道，“下来啊，丹尼！要不我们就把你拽下来哟！”他开始爬上垃圾桶。那个垃圾桶就靠在车库的墙边，说不定丹尼也是借助它，才爬上了屋顶。

男孩哭着，跑向屋顶的远端，可是他根本无法逃脱。

“走吧，”布洛迪说着，转过身去，“我们帮不了他。”

塔克呜咽着，却挪不动脚步。可是他最终还是转身，跟在了布洛迪的后面。

他们身后传来了男孩的哭声，施虐者的笑声，越来越大。捕猎就要接近尾声了；双方实力悬殊，胜负已定。

就在这时，丹尼说了那句话。他没有叫，也没有喊，只是说了那句话。

“放过我吧。**求你了**。”

他说了，根本不像是对着那个一边朝他攀爬一边吼叫的怪物。他轻声细语地说了。就像是对着云端倾诉。就像是一声祈祷。

布洛迪不可能听见这句话。他已经在巷子里走了很远，男孩又说得那么云淡风轻。可是不知为什么，这句话传到了他的耳畔。就像有一位天使在转达。

布洛迪突然停住。

他回头望去。

正是那一声**求你了**羁绊了他。

屋顶上的男孩说了这句话，唤醒了布洛迪心中的一千个记忆。有关他的男孩的记忆。他的男孩说过同样的话，一模一样，一字不差。而且他说过不止一遍。

“**放过我吧，求你了**。”

布洛迪转身。

“喂，**不要**啊。”帕奇哀求道。

可是布洛迪义无反顾。

他朝着垃圾桶跑去。塔克陪着他。

此时此刻，小恶棍已经爬上了垃圾桶。他用那只戴着手套的手扒住屋檐，挥起另外一只手，朝着男孩猛击。丹尼双膝紧紧地贴在胸口，苍白的脸上挂满了泪水。

布洛迪龇牙咧嘴，大吼一声。他一跃而起，朝着垃圾桶上的男孩猛扑过去。

他径直穿过男孩，落在了对面的雪地上。

他转身，又一次猛扑。他又一次人畜无害地落到地面，那个怪物依然妥妥地站在垃圾桶上。

“你**触碰**不到活物！”帕奇叫道，“你听过我说的一句话吗？”

讨厌鬼一只脚站着，伸手去够男孩。那只手靠近了丹尼的裤脚，丹尼大叫起来。讨厌鬼抓住裤脚，开始把男孩拽下屋顶。地上两个看热闹的男孩欢呼起来。

塔克试着帮忙，可是他也像布洛迪一样，只是穿过了讨厌鬼的身体。他不停地狂吠，却只有帕奇和布洛迪能够听见。

布洛迪看着男孩哭泣，禁不住呜咽起来。多么熟悉的一切：一个男孩，他却无力拯救。

可怕的记忆翻滚着，让他窒息。

这时他垂下双眼，看着垃圾桶。恶魔在上面平衡着身体，可是当他拉扯受害者的时候，垃圾桶开始摇晃。

塔克狂吠，咆哮，绕圈，还在穿越两个看笑话的男孩的身体。

“你触碰不到他们，白痴！”帕奇咻咻地叫着，“他们是**活物！**”

布洛迪看着垃圾桶，向前走着。**它**不是活物。

他想起了塔克和薯条，想起了跳车时自己砰的一声落在汽车后座上的情景。

他一跃而起，对准垃圾桶猛扑过去。

他把注意力放在了肩膀上。他将全部心思，全部灵魂都集中在了左肩，尽心尽力地把它**实化**和**硬化**，就像梦想成真。

他一跃而起。

他双眼紧闭，心无旁骛，所有心思都放在了那个肩膀上。他一跃而起。

咣当一声，他撞在了垃圾桶上。他感到了肩膀与冰冷金属的亲密接触。于是他睁开双眼，正好看见垃圾桶倾斜，侧翻在地。

讨厌鬼一只手扒着屋檐，一只手扯着丹尼，悬在了半空。然后他松开双手，扭着身子，摔了下来。他哼了一声，重重地撞在了垃圾桶顶上。**啪的**一声巨响，他的脸和垃圾桶的金属桶沿来了个亲密接触。鲜红的血液溅到了积雪上。男孩呻吟着，滚下了地。

布洛迪后退着，避开了他。

男孩的朋友眼睛圆睁，连忙后退。

“杜德，你没事吧？”

男孩呻吟着，爬起来。只见他满脸鲜血，鼻子摔得又歪又肿。

他不再是一个恶魔。他在雪地上淌着血，又变成了一个孩子。

“唉，真倒霉！”杜德的一个朋友说，“这下你的鼻子完蛋了。”

堕落的恶魔没有回应。他脸色发白，眼含泪光，抽抽搭搭地吸了一口气。他喉咙里发出一阵呻吟，却转眼又露出痛苦的表情，停止了呻吟。然后，他双手捂住鼻子，突然站起，跺着脚离开。两个朋友连忙跟上。

布洛迪看着男孩离开，却没有摇尾庆祝。一个男孩受了伤却忍住不哭的表情，他太熟悉了。他讨厌这样。

他低头看着血迹，这么艳丽这么鲜红这么招惹怨恨。

屋顶上，丹尼还在啜泣。

可是他安全了。布洛迪告诉自己。那个男孩安全了。

“好啦，”塔克说，“我们走吧。他很快就没事了。”

布洛迪最后看了看血迹，然后转身，跟着塔克和帕奇一起离开。

“你可是败掉了好多的灵魂呢，狗精，”帕奇说，“你图个什么呀？”

“我帮了他。”布洛迪回答。

“是吗？所以你觉得他们，嗯，明天就会冰释前嫌了？你觉得在你进入宝贵的永恒之地以后，在屋顶上的那个男孩仍然被困在这儿的将来，那个讨厌鬼就会**改邪**归正，重新**做人**啦？笨蛋，你觉得你**帮了**他？”

“我尽力了。”布洛迪一声咆哮，猛地朝帕奇咬去。他背上毛发直竖，嘴巴张开，亮出一口愤怒的白牙。

“嗨！”帕奇一边抗议，一边退缩。

“别激动，布洛迪。”塔克挡在了他们中间。

“是啊，神经病。要知道，我的灵魂所剩无几。说到保留灵魂，我当然要比你们关心得多了去了。”

布洛迪摇摇头，扇动耳朵，想消除心里的火气、内疚和痛苦。

“抱歉啊，”布洛迪含含糊糊地说完，朝着他们前进的方向望去，“只是……我不是有意**伤害**他的，好吗？可是……可是……我实在讨厌以大欺小，以强欺**弱**。”

“当然了，狗狗。我明白。可是**你**不明白，这些破事根本与你无关。你已经不属于这个活生生的世界了。你的所作所为只会把事情搞砸，还一路浪费掉自己的灵魂。”

“我尽力了，”布洛迪又说了一遍，“我们还能怎样呢？没错，我以前改变不了这个世界，以后也掌控不了那个孩子的未来。也许我能做的就是让他的世界不再那么黑暗。只要我力所能及，我不该这么做吗？”

布洛迪吗？布洛迪说的没错。我们能力**有限**，可这不是我们**不作为**的理由，而是我们要行动的原因。相信我。

那个孩子，那个屋顶上的孩子呢？是的，他不知道该感谢谁。可是无论如何，他都会心存感激。他都会心存感激。

另外那个孩子，那个朝雪地上淌血和发火的孩子呢？嗯嗯，他也会踏上自己的人生旅途。他有人性的阴暗，也有人性的光明。把一个人从阴暗处——哪怕是他自己的阴暗处——拉出来，总归是一件善事。它永远值得去做。

三个幽灵向前走着，周围的阴影还在扩张。

“到了。”布洛迪冷不丁地说，突然停下脚步。另外两位在他身边停下。他看着一栋房子的背面，房子破败不堪，四周的栅栏东倒西歪，阴暗的院子里布满了垃圾。“到了。”他又说了一遍，尾巴开始摇摆。

“这儿就是我们的家。”

布洛迪想都没想，就朝房子跑去。他径直穿过稀疏的栅栏——他想都没想，就利索地跃过了那些木头阻隔物。他蹚过后院肮脏的积雪，经过了艾登以前玩耍的那辆锈迹斑斑的马车，经过了那个熟悉的半掩在积雪中的红色雪橇，经过了那个坑坑洼洼塞了半桶啤酒罐的垃圾桶。

他只停下一次，只停下一会儿。就在后门那儿。

布洛迪记得，门廊上有两只塑料碗，一红一蓝。每个早晨，艾登都会在红碗里装满狗粮，在蓝碗里装满清水。为他，布洛迪。

两只碗还在。碗里除了积雪，什么都没有，但是还在。

布洛迪只是看了它们一下，就穿过后门，跑进了房子。

他进来了，站在又小又黑的厨房里，把帕奇关于闻味的提醒忘在了脑后。他站在那儿，贪婪地吸了一大口气，任凭它在鼻子里回旋，打转。

它弥漫着亲切的家的气味，闻起来像食物，像啤酒，像客厅里的长沙发，像褪色的粗地毯，像操作台上每天早晨开启的咖啡壶。

它闻起来还像布洛迪……像他的毛发他的狗粮他那湿漉漉泥糊糊的爪子。

它闻起来像记忆。像那些夜晚，他与艾登蜷缩在长沙发上，一

POST
布洛迪
布洛迪

边吃着爆米花，一边看着闪烁不定的电视。像那些周末的早餐，艾登给布洛迪偷偷丢在桌下的一片片熏肉。

最最重要的是，它闻起来像艾登。像他的气味他的身体他的孩子气。像他的头发他的衣服他的笑声他的眼睛他紧搂的双臂。

布洛迪站在那儿，闻着，想着，摇着尾巴。他站在房子里，感觉自己回家了。

离开。**回转**。他回家了。

布洛迪还在摇着尾巴吗？可惜这个动作没能持续。因为布洛迪渐渐地意识到，他不是一只走失的狗狗正在返回家中。不，他不是。再也不是，永远不是。他倒是希望他自己是，可是他知道，这不是事实。这种感知从他的内心深处升腾，蔓延到了他的胸口和大脑中枢。

因为布洛迪的气味——那些狗狗的毛发和爪子的气味——非常微弱，正在消散。它们不像气味，更像暗示。

别的气味，布洛迪早已忘记的一种气味，压制了它们。**他**的气味。不，不是艾登。是另外一个人。

那个叫喊者，咆哮者，踢打者和击打者。那个投掷者、酗酒者和打鼾者。

老爸。就是这个词。艾登的**老爸**。随着这个词的浮现，布洛迪那些可怕的模糊记忆逐渐变得清晰。

那个怪物——那个在他最后的记忆里出没的怪物，那个又是咆哮又是责骂又是踢打又是喊叫又是制造伤害的怪物——那个把他召唤回来的怪物，把他召唤回来，就是为了让他救助他的男孩？此时此刻，那个怪物有了一张脸和一个名字。**老爸**。

那个怪物还有自己的气味。

他闻起来像啤酒像臭汗像油垢像剃须后的清新像穿久的衣服。

房子里充斥着这种气味。它挤走了美好回忆的气味，布洛迪的气味，甚至艾登的气味。**尤其是**艾登的气味。

布洛迪更加用力地嗅着鼻子。他用眼角的余光看见，塔克的亮光和帕奇的微光尾随着他进了房间。可是他一心一意地嗅着艾登的气味，发现它们闻起来……陈腐，消散，过时。

他的尾巴耷拉了下来。

他的鼻子告诉他，艾登不在，而且已经不在很长时间了。

他不喜欢鼻子传递给他的信息。

“不。”说着，他跑出厨房，穿过过道，到了最顶头的那个房间。他的记忆变得鲜活、生动而深刻，就像他刚刚离开——就像他仍然活着。

这是艾登的房间。房门关着，没有窗户的过道很暗。布洛迪穿过那扇伤痕累累的旧门，进了艾登的房间。

如果布洛迪拥有一颗仍在跳动的心，它会停止跳动。不是因为恐惧，不是因为心碎，而是因为**感觉**，**太多的**感觉。

房间又小又乱又暗，充满了艾登的一切。他的气味，他的物品，他的衣服他的床铺他的背包他的书本，他的照片他的旧玩具他的填充动物玩偶。

房间里充满了艾登的所有，弥漫着艾登的全部。如果布洛迪拥有一个仍在呼吸的肺脏，他会无法呼吸。

房间里却没有艾登。

窗帘拉得严严实实。被单一如既往地胡乱掀开，就像艾登刚刚起床。可是布洛迪看见，房间里有一层积灰。他知道，那个下午，那个早晨，甚至前一个夜晚，艾登都不在房间。

他的男孩不见了。

布洛迪走到床边。他闻着冰冷的被单，嗅着男孩的气息。他知道，每一次闻味都会消耗他的灵魂，可是他不在乎。

“他不在呢。”塔克在身后说道。他的语气不像是提问，也不像是陈述，更像是一句“我很抱歉”。

“是呢。”布洛迪说，鼻子仍然贴在艾登的床上。就是在这张床上，每个夜晚他都蜷缩着身体，陪伴艾登入睡。男孩温暖的双臂搂着他，直到他睡着了，才会松开。就是在这张床上，他和艾登待在一起，才会感到安全。就是在这张床上，有时候布洛迪会趴着，舔去暗夜里艾登脸上咸湿的泪水。

“这是他吗？”塔克在布洛迪身边轻声问道。床头的小桌上，放着一个廉价的仿银镜框，里面镶嵌着一张照片。塔克正看着那张照片。布洛迪不用看就知道，照片上的艾登跪在那儿，双臂搂着咧嘴大笑的布洛迪。那是两个夏天之前的一天，他们开车去了湖区。艾登光着上身；他们俩浑身湿透，头（毛）发上沾染了一层水渍，脸上绽放着夏日般灿烂的笑容。艾登眯着眼，在看阳光。

“嗯，是他。”

布洛迪看着照片。他看着自己深爱和思念的那双眼睛，那张脸庞，一时说不出话来。

“你会爱上他的，塔克，”布洛迪凑了上来，沉醉在照片和回忆里，“他总是偷偷地往桌下丢东西给我吃，他还……”这时布洛迪突然打住。因为他看见了那个东西，就在照片里，握在男孩的一只手中。圆形的。黄色的。毛茸茸的球。就是它。**离开，回转**。

所有的记忆交织在一起，一同呼吸，一齐律动。

艾登把球抛过夏日的公园。布洛迪跳起来去追，艾登在为他呐喊助威。

艾登站在一棵树下，躲避一场春雨。布洛迪接球回来，不小心在泥巴里滑了一跤。艾登发出他独有的标志性大笑。

艾登把球抛向后院的屋顶。布洛迪跳到半空，接住了滚滚下坠的飞球。艾登在欢呼、喝彩。

艾登面带微笑，两眼闪光。他低头看着布洛迪，把球亮了出来，引逗得布洛迪兴奋地转圈，急不可耐地等着抛球。

雷雨之夜，艾登坐在过道的一头，把球滚向了过道。球在墙壁间不住地弹跳，逼得布洛迪连滚带爬，才把球抓住。

艾登在太阳下在阴影里在雪地上在蓝天下抛球。他把球抛向草坪抛向泥水抛向地毯抛向水泥地。

艾登。

还有布洛迪。

布洛迪跑开了，又打转回来。离开，回转。

这是他们的游戏。这是他们的节奏。

好吧，这**曾经是**他们的游戏，**曾经是**他们的节奏。

可是现在呢？现在他们被困住了，困在了那个最可怕的地方。

离开。

布洛迪呢？是的，他没有一颗会跳动的心脏，可是他有一颗会唱歌的心，一颗会破碎的心。

“布洛迪，你怎么了？”塔克柔声问道。

“现在他长大了，”布洛迪继续说着，“这张照片没拍多久。”艾登刚刚掉了两颗门牙之后，就拍了这张照片。布洛迪看着他那缺牙漏风的咧嘴大笑；那是他喜欢的笑容，是他有段时间——甚至在他没死之前——没怎么看到的笑容。他的男孩，无论他在什么地方，都没像以前那样爱笑了。“现在他长高了。我们去散步的时候，他……”

布洛迪又说不下去了。

因为他又被记忆击中，而且更加强烈。他看见一张布满灰尘的照片，一张几年前的某个夏日拍下的照片。照片上的男孩变了；照片上不再是男孩和他的小狗，而是男孩和他曾经拥有的小狗。那只狗抛弃了他。

“他看起来是个有趣的小孩呢，兄弟。”

布洛迪的眼睛舍不得离开照片，舍不得离开那张脸那个笑容那双搂着他的手臂。他沉思了一下，才找到合适的词语。他说了，说出了平生最真挚的那句话。

“他是全世界最好的小孩。”

布洛迪长叹一声，垂下了脑袋。他的下巴就要碰上小桌了，不想它却径直穿过伤痕累累的桌面，掉了下去。

他死了。他死了，他的男孩不见了。这儿不再是他的家，这儿不再是**他的**世界。他什么也不是，只是照片里的一只狗。他什么也不是，只是一段记忆。

“我不想死，塔克。”他说。

塔克靠近他，什么都没说。

“我不想离开。我不想进入永恒。”

“我知道，兄弟。”

“我什么都不想，只想活着。我哪儿都不想去，只想在这儿待着，和**他**在一起。”布洛迪活着的时候，看见过艾登哭泣，看见过好多次。他知道他的男孩伤心，**他**也跟着伤心，可是他不懂人为什么会哭。他不懂为什么一颗心受了伤，眼睛会流泪。此时此刻，站在男孩的房间里却不见男孩，内心又翻腾着新的词语和新的感知，他懂了。如果他有一双会哭的眼睛，他会哭泣。

“你尽力了，兄弟。你已经尽了全力。你放心，你会没事的。”

“我不在乎自己，塔克。我在乎**他**。我不想丢下他不管，我不想让他失望。再也不想。”

“再也不想？”

布洛迪没有说话。他低头看着地毯，吸纳着他失却的那个男孩的气息。

“布洛迪，你是怎么死的？”

布洛迪抬头看着塔克，看着他那双温和而忧虑的眼睛。

然后，他移开了目光。

“好吧，”塔克过了一会儿，才开口说话，“那么我来告诉你。我来告诉你我是怎么死的，我**为什么**进入不了永恒。”

“应该很好听哟。”帕奇在门口咕哝道，布洛迪差点忘了她的存在，“我来猜猜啊，是被一根热狗噎死的吧？”

塔克没有理她。

“我没有男孩，却有一个女孩。她叫艾米莉，天哪，她简直……棒极了。就是最棒的，你知道吧？她和我一起疯跑。她喂我吃的。她和我一起玩耍。她给我起了塔克这个名字，可是她一高兴，就叫我‘兄弟’。天哪，她只要一叫我‘兄弟’，我就觉得自己成了全世界最幸运的狗狗。我爱**死**她了。你不知道我有多爱她。”塔克停顿一下，“哎呀，不好意思，也许你知道。可是，天哪，那个女孩……”他又停顿了一下，眼神在回忆里变得迷离。等到他又开始说话，他的声音变得更加温柔。听起来有点空飘。

“你了解我。我……兴奋过度，爱管闲事，喜欢奔跑。跑步是我的最爱。只要一有机会，只要前面有个空旷的地方，而我又没有被牵引绳束缚，我就不能自已。我会忘记一切，**只管**伸展四肢，尽情奔跑。你知道的，对吧？

“那天早晨，艾米莉去前院取报纸。她没关好门，留了一条小缝。可是这就够了。我用鼻子把门拱开，只想跟着她随便走走。我发誓，我只是想跟着她随便走走。可是一到外面，我就……给忘了。太阳照着，小鸟唱着。各种各样的气味，各种各样的声音。你知道那种情形。我就……就**跑**了起来。我跑出了院子，上了人行道。艾米莉，她……她……追着我。她喊着我的名字，我听见了，听见了她，听见了她声音里的怒气和恐惧，可是我没有停下。我从她身边跑开了，布洛迪。我发誓我不是故意的，我只是……在跑步。可是我的女孩，我的艾米莉，她一直喊着我的名字。她喊叫着我的名字，叫我停下。我却没听她的话，一直在跑，没有回去。布洛迪，我是一只坏狗，一只坏狗。”

塔克的声音变成了低语。

“我没看见那辆汽车，却听见了艾米莉的尖叫。哎呀，那一声尖叫。接着，我听见一声啸叫。我飞了起来，然后摔下，翻滚，流血，**浑身疼痛**。”

布洛迪禁不住发出一声哀鸣。他靠近了自己的好友。

“然后艾米莉跑过来了。我……我……还活着。很痛，很糟，却还活着。我不能动弹，她只是哭啊哭啊，一边爱抚我一边哭个不停。有人想把她拉开，她却不肯。她不愿意离开我，而我只能眼睁睁地看着她。我很想留下，布洛迪，真的很想。我不想弃她而去，可是一切都在变黑。我知道我要走了，可是我没法说声再见，没法再一次去舔她的小手。我没法说声抱歉。我没法说声抱歉。

“我最后看见，她伏在我身上号啕大哭。全都是因为我乱跑，因为我没听她的话。她请求我留下，**乞求**我留下，我却不理不睬。我抛弃了她，布洛迪。”塔克颤抖着声音，艰难地说出了最后一句话，“我没法从这件事里走出来。”

一阵沉默。

“那么，你为什么不去找她呢？”布洛迪轻声问道，“你为什么要跟着我呢？”

塔克把目光移开了。

“我……我不能。发生了那件事以后，我不能面对她。要是她还在哭呢？要是她恨我呢？要是她……有了别的狗狗，别的兄弟，而她又更爱他呢？要是新的狗狗又乖又不乱跑呢？我受不了这个，布洛迪。我没有你那么勇敢。”

塔克深深吸了一口气。

“可是我觉得……我觉得要是我能帮上你，要是我能支持你，帮你达成目标，说不定我能，我不知道，做点补救。对她来说，我要做一只好狗，已经为时过晚。可是说不定，为了你，我能做一只好狗。”

“噢，塔克。”布洛迪说。他希望自己能摸摸他，能用鼻子蹭蹭他，能用肩膀碰碰他，能做所有活狗能做的事，能说**有我在呢，我是你的朋友，我们在一起**。

“哎呀，感动得我都泪流成河啦。”帕奇的声音把他们从塔克的故事中惊醒。两只狗扭头看着她。“你们两个**可怜虫**，真的要把一辈子都用在怨天尤人这件破事上吗？什么主人爱你们，你们过得特有劲，然后却死掉了？哎呀，你猜怎么着？**我们都会死**。至少你们还活过。”

布洛迪愤怒地朝她跨了一步。

“你干吗还赖在这儿呢，帕奇？真的。既然你不想帮忙，既然你觉得我们很傻，这件事很蠢，你干吗还赖在这儿不走呢？”

“我给你们说过了，大头，我很无聊。”

“不能够啊，”布洛迪抢白道，“仅仅因为无聊，你就这么千辛万苦，历尽艰险？应该是另有原因。告诉我们：到底是什么原因？”

帕奇看着他们，眼里闪过一丝愤怒和犹疑。

她却没有机会回答。

因为就在这时，一个声音划破了沉默。那个声音来自过道，来自房子的前面。

那是前门打开的声音。

然后是脚步进门的声音。

14

布洛迪急不可待。他丢下塔克，直接越过帕奇（无视她的咻咻叫声），冲进了过道。

艾登！艾登！艾登！他的心在欢唱。

他绕过转角，进了客厅。他的尾巴在三百六十度旋动，他那颗没有血液流动的心在欢呼雀跃。

可是他的爪子猛然停住，尾巴翘在半空。他背上的毛发竖起，立马变成了愤怒的尖刺，随时准备进攻。他龇牙咧嘴，一口幽灵牙齿在昏暗而凌乱的房间里闪着白色的寒光。

因为迈进门的不是艾登的双脚，站在他面前的不是艾登本人。

是**他**。

大个头壮身板苦瓜脸。衬衣没有塞进裤腰。脸上的胡子也没有修刮。

艾登的老爸。

那个怪物。

他就在那儿。还有他的拳头，他那双硬头靴子，他那双怒火狂飙的眼睛，他那张大喊大叫的嘴巴——此时它紧紧闭着，没有出声，抿成了一条愤怒的直线。

他摔上门，大声地抽着鼻子。

他看着布洛迪。

布洛迪有什么反应？唉，他毕竟和那个怪物打了几年的交道。那人看他的时候，布洛迪吓得耷拉下耳朵，夹起了尾巴，不住地畏缩和后退。他死了并不重要；那人的眼睛、拳头和双脚穿越他的身体却不能看见或者伤害他，也不重要。重要的是只要理由充分，幽灵也会害怕怪物。

怪物目光呆滞，眼睛从布洛迪身上滑过。他把一个油腻的棕色纸袋丢在沙发前面的茶几上，然后抬脚，径直穿越了布洛迪的身体。

布洛迪吓瘫了，压根没法动弹。怪物穿过他的身体，他打了一个冷战。

怪物也打了一个冷战。他停下，清了清嗓子，看了看四周，继续去了厨房。冰箱门吱呀一声响了。啤酒罐**砰的**一声开了。

艾登的老爸回了房间，布洛迪连忙让路。只见他拿着一罐啤酒，一屁股坐在沙发上，然后打开电视，从棕色的纸袋里掏出一个汉堡。

布洛迪呆呆地站在那儿，看着那个怪物。只见他下巴上沾着番茄酱，正张着嘴巴，吧唧吧唧地吃东西。

帕奇和塔克沿着过道走了进来。

“那个家伙是谁呀？”帕奇小声问道。

“我闻到了薯条味呢。”塔克低声说。

“那是他的老爸，”布洛迪回答，“我的意思是，艾登的老爸。他……他……”

布洛迪有太多堵心的记忆，太多画面太多声音太多感触。他看着艾登的老爸，可怕的记忆涌上了心头。

伤痕和咆哮。怒火和眼泪。拳头和暴打。耳光和呜咽。

就在这时，它浮现了。**那个**记忆。那个在他记忆边缘潜伏和咆哮的记忆。那个反复侵扰他，让他带着灵魂光点回到这个黑暗世界的记忆。

他最后的记忆。

晚上，太阳已经落山。艾登和布洛迪一直在公园的雪地里玩耍。他们像往常一样，尽量拖着回家的时间。艾登不喜欢回家。

当然，到了最后，他们必须回家。

他们去公园之前，艾登老爸的情绪就不大对头。他们回来了，一进门便知道，他的情绪只会更加恶劣。茶几上，一堆皱巴巴的啤酒罐赫然在目。他们还没关门，他就开始了咆哮。

那天天气比较暖和。好多地方的积雪已经融化，到处都是小小的泥水坑。艾登没有注意到水坑，直到局面无法收拾，直到他的鞋子、裤子和外套脏得一塌糊涂，布洛迪也浑身沾满了泥巴。他们轻手轻脚地进了家门，也许艾登指望着，他们能躲过怪物，悄悄地溜进自己的房间。

可是，他的老爸就在那儿，就坐在沙发上。他眯着的血红眼睛里，怒气冲天。

艾登停了下来。他睁大眼睛，站在了地毯的中央。

然后吵闹开始，喊叫，大骂。

艾登像往常一样，声音颤抖着，绝望地道歉。布洛迪很害怕，他退缩着，却没有离开艾登。

艾登又回到门口，脱掉了自己的鞋子，擦干净了布洛迪的爪子。然后，他和布洛迪走向过道，要么是去拿吸尘器，要么是躲开他的老爸。

怪物站了起来，依然怒目而视，依然脏话连篇。

一切都是老生常谈。一切都在意料之中。

突然，他把手中的啤酒罐砸了过来，狠狠地砸向布洛迪。啤酒罐砸中了布洛迪的肋骨。这个倒是前所未有。

啤酒罐没满，砸得没怎么疼。真的没怎么疼。不过布洛迪还是发出一声惨叫，缩成了一团。

破天荒第一次，艾登停下了。他停得突然，停得平静。他转身面对自己的老爸，死死地盯着他的眼睛。然后，他驳了回去。

这个倒是前所未有。

“住手，”他说，声音柔和，却平稳有力，“放过我的小狗。”

这个记忆片段让布洛迪窒息。活着的时候，他不懂这些话的含义。他只知道，他的男孩停了下来，直面那个怪物。可是此时此刻，靠着他新近学到的词汇，靠着他新近获得的感悟，他懂了。在那个可怕的夜晚，他的男孩对那个咆哮的怪物说了什么，他懂了。

“住手。放过我的小狗。”

他的男孩，他的那个勇敢和漂亮的男孩，在为他发声。

“你说什么？”他的老爸逼问道。

艾登又说了一遍。

“住手。不准你伤害我的小狗。”

真的很勇敢。真的很漂亮。

也真的很愚蠢。

怪物咆哮着，挥起了拳头。布洛迪还没明白怎么回事，男孩就倒在了地上。那一拳打得很凶。一个又粗又壮的拳头，一次凶猛恶毒的挥拳。一次伤筋动骨、遍体鳞伤的重击。

一口气的工夫，勇敢和漂亮的艾登变得头破血流。

他的男孩受伤了。他在痛哭。他拉着布洛迪，爬到一个墙角。

布洛迪浑身发抖。他的整个肉体，他的整个灵魂，都被吓得瑟瑟发抖。他想跑开。他想逃离。

几步开外，怪物赫然耸立。只见他紧握双拳，脑袋随着愤怒的呼吸起起落落。

接着，眼前一黑，局面变得可怕而疯狂。他自己挣脱和逃离了艾登。艾登在尖叫。靴子在踩踏。拳头在击打。骨头在断裂。浑身在疼痛。然后就是……分离。一次离别。离开。

这段记忆依然凌乱得叫人抓狂。不过，在这场混沌的狂乱中，有件事却清晰而确定：怪物有着暴怒的眼睛，咆哮的声音，飞速踢打的靴子。

那个怪物。

布洛迪站在那儿，站在同一个客厅里，瞅着沙发上的怪物。

“是他，”布洛迪说，“就是他。就是他打死了我。”

塔克毛发直竖，喉咙里发出一声吼叫，朝前扑去。

“悠着点，小子，”帕奇拖长声音说，不过她盯着那个男人，显得还是比平时多了几分敌意，“别忘了，你已经死了。”

“他……打我，打我和我的男孩。他喊叫，踩踏，踢打，撞击。他打着我的男孩。我……当时和他在一起。”布洛迪看着那个墙角，看着墙边那块肮脏的地毯。就是在那儿，艾登缩成一团。就是在那儿，布洛迪畏畏缩缩，吓得不敢动弹。剩余的记忆依然模糊不清，但是他可以断定，那儿就是他终结的地方。**一切**都在那儿终结，在那个角落里终结。他就死在那儿。

那儿是如此邋遢，如此……不起眼。一小块可恶的地毯而已。靠墙放着一个吸管包装纸，丝毫没有暴力的痕迹，没有挣扎的痕迹，没有终结的痕迹。只是一小块可恶的地毯而已。没有任何迹象表明，就是在那儿，他被迫与他的男孩分开。就是在那儿，他的男孩被迫与他分离。

现在他就在这儿，可是艾登却不见了。**不见了**。

布洛迪的灵魂打了个寒战。他不知道那段记忆之后是怎么终结的，可是他知道，记忆在这儿结束，以怪物把他杀死而告终。可是后来怎么样了？为什么艾登不见了踪影？

布洛迪不敢往下想，可又没法不去想。

要是怪物那个夜晚杀死的不止布洛迪呢？

要是艾登因为失去了布洛迪的保护也死掉了呢？

布洛迪把目光又一次转向艾登的老爸。

他怒火中烧，炽烈，狂飙，不计后果。

他扑上去狂吠。他嗥叫撕咬狂吠，一直狂吠个不停。

怪物不停地吃着东西，呆滞的目光死死地盯着电视机闪烁不定的屏幕。他就着啤酒罐又喝了一大口。

“你为什么要这么做？”布洛迪问道。他的幽灵声音从他的脑海、他的心底发出，却没有制造出任何响动。“你为什么要这么做？”他狂吠着咆哮着大吼着，把一腔怒气撒向沙发上的那个男人。

塔克与他并肩狂吠。他的牙齿闪着寒光，他的肌肉不停抖动。

塔克为什么这么做呢？因为塔克是这样一只狗：面对敌人，他会与你并肩而立，亮出自己的牙齿——即使敌人看不见他。何况一只黑溜溜的比特犬又是狂吠又是咆哮，场面已经足够震慑——即使他已经死了。

他们站在那儿，齐心协力地对着那个怪物狂吠。他们冲着那个怪物，冲着世界上所有的阴暗，叫出了自己的一腔愤懑和狂怒。

可是到了最后，两只狗却突然沉默。

怪物打着嗝，把一把薯条塞进了嘴巴。

“这下好啦，”帕奇在他们身后说，“你们可真会帮忙。现在你们要不要为他唱首歌呢？”

塔克动了动爪子，眼睛却依然瞪着艾登的老爸。他抖抖肩膀，眨眨眼睛，舌头舔了舔无声咆哮的嘴唇。

“天哪，”他嘟哝道，“薯条看起来真不错呀。”

“他在哪儿？”布洛迪一边追问，一边跳到了男人视而不见的眼前，他停止了没有意义的吠叫，却没有消除怒气，“艾登在哪儿？他为什么没有在这儿？”

男人抽抽鼻子，往棕色的纸袋里吐了一口痰。

“也许他逃走了，”塔克说，“也许有人……把他带走了。”

“也许他死掉了。”帕奇干巴巴地说。

布洛迪猛然转身。

“你闭嘴，”他叫道，“不准你这么说！”

帕奇眨了眨眼。

“好吧，我不**说**就是。可我还是要说我一直在说的话。你在浪费时间呢，笨蛋。也许他在这儿，也许他不在。也许他活着，也许他……”看到布洛迪凶巴巴地朝自己奔来，帕奇停顿了一下，“……没有活着。我要说的是，这些都不重要。**你**已经死了，没有用了。小狗，你在这儿没事可做。”

布洛迪看了看她，回头看了看艾登的老爸，又转向帕奇。

“我必须知道。我必须知道他平安无事。”

“对着咧，你说过这话。超级刺激。有什么眉目吗？”

就在这时，恰恰就在这时，男人的电话响了。这个……嗯，简直就是天赐良机。

来电铃声是一支哀怨的吉他即兴曲。布洛迪再熟悉不过。

艾登的老爸吞下嘴里的东西，就着一大口啤酒冲下喉咙。他从衣袋里掏出了手机。

“喂？”

布洛迪叹了口气，低头看着肮脏的地毯。他没法预见下一步的行动。他所做的一切都是为了来到这儿，来到这栋房子，来到他的男孩和怪物共同生活的地方。现在他在这儿，怪物在这儿，艾登却不在。行动失去了意义，他不知道下一步怎么办。

怪物接下来的话却让他猛然抬头。

“是呢，他不在。”怪物压着怒火，低声说道。在生气呢。怪物生不生气，布洛迪并不关心。他更关心艾登老爸嘴里的那个“他”。

“没，他们不告诉我他在哪儿。‘保护性拘留’这是他们的原话。一堆废物。”

对于布洛迪而言，这番话毫无意义，可他还是朝着男人靠近了一步。他紧盯男人的嘴巴，乞求他说出只言片语，给他的行动指明方向。

“没有。一个电话都没有。完全不讲道理。我说，他可是**我的**小子。”

布洛迪的心开始狂跳，尾巴也几乎开始摇摆。

他的男孩活着。他就在某个地方，远离怪物。他很可能，平安无事。

“好的，下个星期。不会。我会在法官面前好好表现的。”

布洛迪屏住呼吸，耐心地等待。他在怪物的只言片语中筛选着信息，寻找着线索。

“可不。这事开不得玩笑。还不都是那只蠢狗惹下的祸。”

布洛迪竖起了耳朵。他一定就是男人嘴里的那只狗。布洛迪开始咆哮，可是男人接下来的话又让他没了声音。

“啊，不用担心。我会的。我要夺回我的小子。好咧。再见。”

布洛迪停下了摇到一半的尾巴。怪物的话在他心头萦绕。

我要夺回我的小子。

男人挂了电话，又去吃东西了。

“你们听到了吗？”布洛迪问道。

“听到了，”塔克回答，“他把你叫作‘蠢狗’。”

“唉，不是这个。我的男孩平安无事呢。可是他要把他夺回。”

“你打算怎么办呢？”塔克问他。

“我说，伙计们？”帕奇插嘴说道。

“我不知道，”布洛迪没有理她，“不过我要采取行动。”

“嗨，伙计们？喂！”帕奇说。

“可是你怎么找到他呢？我说，**这个**家伙都不知道他在哪儿……”

“我不知道，”布洛迪重复着，“不过，我会有办法的。”

“嗨！”帕奇大叫着，站在了他们中间，“别再把我当空气啦！你们比平时还要讨厌啦。有谁注意到太阳就要落山了吗？”

“那又怎样？”塔克问道，“帕奇，难道你怕黑不成？”

“才不呢，白痴。大黑和他的同伙也不怕黑。”

塔克和布洛迪把目光转向窗户，看着外面越来越浓的夜色。

“噢，对啊。”

“快点吧，笨蛋，”帕奇接着说道，“去感应他。他过来了吗？”

布洛迪强迫自己，暂时把艾登和怪物抛到了脑后。他闭上双眼，在黄昏中感应着大黑。

喏，他看到了他。

布洛迪猛地睁开了眼睛。

“嗯。”他说。

“他离得近吗？”

“可以这么说。”

15

这时，就在这时，他们听到了声音。就在后门外面。

“头儿，你确定是这儿吗？”

“说的是呢，这地儿有点寒碜呀，大黑。”

“我确信，小的们。他就在这儿的什么地方。善扑，你检查一下车库。”

“我们必须离开！”帕奇咻咻叫着，朝前门奔去。

“不行！”布洛迪表示反对，“我要留在这儿等艾登。”

“你傻啊？你要留在这儿，等着大黑把你的灵魂吞掉吗？你要像丢掉性命一样丢掉你的灵魂吗，白痴？可那又有什么用？”

布洛迪不安地走来走去。他盯着怪物，看着他用大拇指的指甲剔除牙缝里的洋葱。

“可是……”

“好啦，兄弟，”塔克说，语气比帕奇温和，却和帕奇一样急切，“我们必须离开。明天我们再回来呗。留下来被大黑生吞活剥，这可帮不了你的男孩。我们走吧。”

布洛迪最后看了看那个角落，那个他丢掉性命的杂乱邋遢的角落。然后他吼叫一声，跟着塔克和帕奇出了前门。

布洛迪跑出去后，回头望了一眼。他最后看见，大黑的黄脸和黑眼正好蹿进屋内。

“他们在那儿！我看见他们啦！”大黑嗥叫着。

布洛迪跳下门廊的水泥台阶，刚好落在塔克身后。帕奇已经上了人行道，正沿着大街狂奔。塔克和布洛迪在一盏路灯下追上了她。

天黑了，但没黑透，天边还有一道蓝紫色的光。雪在下，大片松软的雪花从天而降。它们在越来越浓的夜色中飞舞，柔融了城市肮脏的棱角和线条。

他们身后，大黑和三个同伙冲出房子，奔上了人行道。他们飞快地迈动四肢，穷追不舍。

“我们要玩跳车大法了，”帕奇边跑边说，“这是我们的拿手好戏，他们不行。我们甩下他们，完全不成问题。”

一辆轿车从他们身后驶来，与他们同一方向。车速飞快，跳车有点难度。

“你们准备好了吗？”

“准备好了。”布洛迪回答。

“很好。不过我主要说的是那个白痴。你这次千万要一跳成功啊，狗精。我们可没时间为你的愚蠢买单。”

塔克没有回答。只见他嘴巴紧闭，正聚精会神地回头看着驶来的轿车。轿车就要与他们平行了，塔克一个斜切，然后起跳。

他麻溜地穿越了轿车的后门，脑袋随即在窗户那儿冒了出来。

“不错嘛。”帕奇咕哝着，自己也一跃而起。布洛迪紧随其后。

他们俩跌跌撞撞，落在了轿车的后座。

“这下应该甩掉他们了，”帕奇说着，跳上座位的靠背，朝着后面的车窗望去，“那些笨蛋可不会跳车。”

塔克和布洛迪也冒了出来，看着追杀他们的恶狗。

大黑和同伙正冒着纷飞的大雪，在人行道上奋力奔跑。马路上，一辆黑色的 SUV（运动型多功能车）开了过来。地狱狗突然转向马路，然后一个接一个，穿过金属车门，跳进了 SUV。

“也许他们会跳车哟，”帕奇说，“唉，今儿个恐怕要长夜漫漫咯。”

“我们怎么办呢？”塔克问道，眼睛盯着那辆尾随而来的SUV。

“我们只能一直跳车了，”布洛迪说，“保持领先，直到日出。”

“不行，”帕奇低声说道，“我不行。所有的跳跃，所有的奔跑降落单脚跳……都会耗掉一点灵魂。你们还记得吧？”她低下脑袋，看着飘浮在自己周围仅存的几个灵魂光点。“我的灵魂光点不够了，明天早上我就会黑掉。你们俩的情况也差不多。”

“哎……哎呀……那么……我们**现在**怎么办呢？”

“嗯……首先，我们要跳下这辆轿车。”布洛迪说道。他透过前面的车窗，朝前方望去。

“为什么啊？”塔克问道。

就在这时，他们的车停了下来，等着雪中闪烁的红灯。

黑色的 SUV 停在了他们后面。

四只贪婪的地狱狗蜂拥而出。

“这就是为什么！”布洛迪喊道。他们三个从前座起跳，穿过挡风玻璃，跑上了引擎盖。接着，他们跳到了积雪覆盖的沥青路上。

十字路口热闹非凡，来往车辆嗡嗡作响。

“那辆面包车！”布洛迪叫道。他们都看见了那辆左边同向驶来的银色面包车。

“我的光格！”帕奇叫道。

“我帮你啊。”塔克说着，张开嘴巴，俯下了身体。

“不要！不要又……”

可是塔克已经叼起了帕奇胡踢乱打的身体，从侧面扑进了那辆飞速驶过的面包车。布洛迪就跟在他的身边。

他们落在了车内。这时，帕奇已经是骂骂咧咧了。塔克把她放了下来，她还在说着狠话。

“你给我听着，你这个愚蠢的狗，我发誓，我非撕碎你那丑恶的……”

“噢，闭嘴，帕奇，”塔克说着，看都没有看她，他的眼睛看着窗外，看着地狱狗跳上了几辆汽车后面的一辆皮卡，“我知道你讨厌这样，可是你也要配合啊。你想甩开那些家伙，同时又不想消耗自己的灵魂。你有更好的办法吗？”

帕奇瞪着塔克。她眼里冒火，怒气冲冲地甩着尾巴。

“我说你没有吧，”塔克说，“习惯了就好了。要知道，这对我来说也不是一种享受。你又不是一根薯条。”

“又有灯光朝我们过来了！”布洛迪告诉他们。

他们都伸长脖子去看。

“看到迎面开来的那辆黄色轿车了吗？”

“嗯嗯。”

“要是我们现在跳车，改变方向，就会让他们措手不及。我们之间的距离就会拉开。”

“明白。你发信号吧。帕奇，你准备好了吗？”塔克问着，朝帕奇俯下了身体。

帕奇只是咕哝了一声。她没有用爪子撕打，也没有跑开。

塔克用牙齿把她叼起。

“跳！”

他们穿越正在减速的面包车车身，跌跌撞撞地落在了车道的标识线上。

那辆黄色的轿车已经到了跟前，正朝着相反的方向飞驰。布洛迪和塔克没来得及站稳脚跟，就飞身跳进了车内。

“好险啊，”塔克说着，把帕奇吐到了后座上，“管用吗？”

布洛迪的鼻子贴在了后面的车窗上。

“还行吧。他们还在跟着我们，但是中间隔着好几辆汽车。喏，就是那辆装着茶色玻璃的红色轿车。”

“好吧，至少我们有时间商讨一个方案。”塔克说道。

“你怎么样啊，帕奇？”布洛迪问道。

母猫一直舔着后背，舔着塔克下嘴的地方。这时，她抬起头。

“真是我一生中最糟心的一夜呢，”她说，“何况我还死了。”

“至少这管用啊。貌似你的灵魂还和当初一样多呢。”

“但愿我也能对你们说同样的话，”她一边说，一边看着他们的光格，“你们的最后一跳尤其消耗灵魂呢。跑得越快，撞击得越狠，你们的灵魂就消耗得越多。”

“唉，我们没有选择。”

“哎呀。”塔克打断了他们。

“怎么啦？”

“他们的汽车。比我们开得快呢。已经超越了两辆汽车。”

布洛迪与塔克一起趴在了窗前。那辆红色的轿车就在隔壁车道，和他们只隔着两辆汽车。这不，就在他们的眼皮底下，它又超越了一辆汽车。

“你确定他们在车里吗？”塔克眯起眼，看着那辆红色轿车的茶色玻璃。

“是的，我看见他们跳了进去。情况有点不妙啊。”

此时此刻，他们已经在风驰电掣般行进，马路在车下嗡嗡作响。布洛迪朝着前面的车窗望去。他们的前面，车辆通行得格外顺畅。没有一个红绿灯。

红色轿车超过最后一辆汽车，靠近了他们汽车的后保险杠。

他们从一盏路灯下驶过。布洛迪隐约看见，红色轿车的前后窗边冒出四只狗头，紧紧地贴着两边的车门。

“噢，天哪，”他说，“他们就要跳车了。”

“他们为什么要跳车呢？”塔克紧张地问道，“他们要追上我们才行啊。”

“不，”布洛迪说，“不是跳**出来**，而是跳**过来**。跳进我们的车里。”

此时此刻，红色轿车行驶在另外一个车道上，几乎与他们并驾齐驱。几个影影绰绰的狗头兴奋得上下攒动。

“哦，对啊。有道理。”

“我们必须跳车！”

“可是我们的车速太快了！”帕奇提醒，“你们会耗掉很多灵魂的！”

“还是那句话，帕奇，”布洛迪粗声大气地说，“我们没有选择！”

“我说，我们的车速太快了！”

“他们就要赶上了！”

“我们别无选择！”

他们的叫喊声，汽车发动机的轰鸣声，还有下面道路的嗡嗡声，此起彼伏，接连不断。路灯和来往车辆的前灯，在他们身边投下诡谲的光影。

“你们根本没法——”

就在这时，大黑黄色的身板撕开了他们的车身。他瞪着比夜空还要阴沉的眼睛，亮出一口獠牙，随时准备开咬。别的地狱狗紧随其后。

没有时间争吵，没有时间等待。

布洛迪龇着牙，从车子的另外一侧跳了出来。

他重重地跌在积雪覆盖的人行道上。因为来不及用爪子支撑，他只能顺势一滚，在水泥地上翻腾。世界在疯狂旋转，车灯、夜空和冰冷的路面一闪而过。

他停在了一个栅栏边——没有受伤，却摇摇摆摆，晕头转向。

一声低沉的呜咽滑出了他的喉咙。

布洛迪为什么会这样？因为他感觉到了。他感觉到，随着每一次的撞击，每一次的刮擦，自己的灵魂都在消散。他感觉到，自己的精气神在逐渐瓦解。他身边飘浮的光点更加稀疏，更加孤寂。他周围的世界似乎更加黑暗，更加冰冷。

他摇了摇头。塔克坐在稍远一点的地方；他也在摇头，但已经站了起来。

“这一跳可真烂啊。”他说。

“可不，”布洛迪说，他看了看四周，“我说，帕奇呢？你没有带上她啊？”

塔克的尾巴耷拉了下来。

“哎呀，这下可糟啦。”

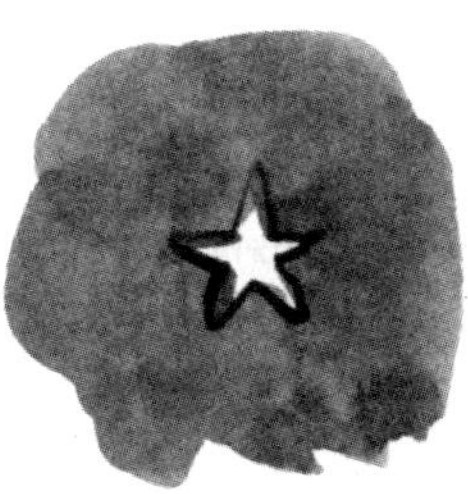

16

“赶快！”塔克说完，便朝着刚刚跳下的那辆汽车追去。布洛迪不假思索，也尾随而去。

没过多久，塔克便遥遥领先。布洛迪跟不上他那纯粹而坚定的步伐。

布洛迪朝旁边看去。

“白色的轿车！”他冲着前面喊着，希望塔克能够听见，“我要跳进去了！”

布洛迪把全身的力气集中在腿上，拼命地激发着四肢的速度。轿车朝他驶来，只见他纵身一跳，穿过前门，越过前座，突然降落在后座上，紧挨着一个目不转睛打游戏的小孩。

他跨坐在小孩身上，看着窗外人行道上狂奔的塔克。

塔克回头，可惜为时已晚，轿车已经从他身边驶过。他连忙加速，起跳。

布洛迪后退，给他腾出地方。可惜塔克没把握好时机。

他的脑袋蹿进了车里。只见他双眼圆睁，舌头耷拉出嘴外。可车子仍在飞驰，他只停留了一秒，便从后座上消失得无影无踪。

车尾传来了一声重重的撞击。

“塔克！”布洛迪尖叫着跳起来，火急火燎地看着后面的车窗。

除了积雪和汽车，后面的马路上空空荡荡的，根本不见塔克的踪影。

“咦？”是塔克的声音。

“塔克，你在哪儿呢？”

“嗯，这儿好黑，好吵。后备箱吧，我觉得。”

塔克的脑袋从后座里钻了出来。

“没错，我就在后备箱呢。”他跳上后座，又径直蹿到前面，拼命朝挡风玻璃看去。

“那儿！我看到她了！”

布洛迪也凑到塔克旁边。他们看见，红色轿车就在前面，与他们隔着两辆汽车的距离。帕奇正趴在汽车后排座椅的椅背上，身体紧贴着窗户，一直在扭动在躲闪在用爪子撕打。前面的座位上，狗的脑袋和尾巴在跳动在旋转在起起伏伏。

貌似一场恶战。

“要是遇上红灯，我们就能救她了！”塔克紧着嗓子说。

布洛迪没有出声。

“可是我们需要一个方案！你有主意吗？”塔克问道。

布洛迪依然沉默。

“兄弟？你有主意吗？”塔克问他。

布洛迪耷拉下了耳朵。

为什么布洛迪会这样？因为他是一只好狗。可是有的时候，做只好狗很难。

“怎么啦？”塔克问道。

Doggy Co.
G51
ER-321

“听着，塔克。这是我们的机会。”

“我们的什么机会啊？”

布洛迪扭头看着窗外，眼神回避着身边那只心灵纯洁的忠诚的狗，回避着那只苦苦守着灵魂却已经走投无路的长毛猫。

“他们……他们被拖住了，塔克。而且他们正在快速地**离开**我们。”

塔克闭上了嘴巴。

“你在说什么呢，兄弟？”

布洛迪不想说。他不想说，可又不得不说。

“你知道我在说什么。我认为我们应该趁机离开，趁机脱身。”

“什么，你说……丢下帕奇？”

“这是我们的机会。”布洛迪重复着。

“可是她需要我们啊。”

“我……我必须去找我的男孩。我不能在她身上浪费灵魂。”

“浪费？可是……帕奇是我们的朋友啊。”

布洛迪又一次扭头，看着外面的夜色。

“还算不上吧。好啦，塔克。我们还是趁机离开吧。”

塔克一言不发，盯着布洛迪看了好久。布洛迪不敢迎上他的眼神。最后，塔克说话了。

“好吧，兄弟。好吧。”

布洛迪的尾巴几乎开始摇摆，不料塔克却接着说道：“你先走吧。我不会丢下帕奇，不会这样丢下她。我以后……会去找你。要是可能，我们在你的男孩家里会合。”

塔克转身，回头望着帕奇。她正被地狱狗包围着，还在旋转和扭打。

布洛迪想说什么。他想争辩，却什么也没说。他已经无话可说。 他必须找到艾登，他必须找到。所以他必须甩掉那些地狱狗。这是他最好的——也许也是唯一的——机会。不过，从塔克的眼神和语气判断，那只狗决不会丢下那只母猫不管，决不会任凭她被那些地狱狗生吞活剥。

布洛迪转身面对车门，看着雪花纷飞的夜色。他看着人行道，人行道一闪而过，变成了一个由垃圾箱、停靠的汽车和路灯杆构建的穿越障碍训练场。他需要一个空旷的地方着陆。他知道，撞击并不会带来伤痛，可是他不想浪费自己的光格。

他看到前面有一段空旷的路面。

他回头看着塔克。塔克还站在那儿，眼睛盯着奋力挣扎的帕奇。那只狗已经做好了战斗准备。他的眼睛准备好了，他的肌肉他的牙齿他的心脏都准备好了。

“你多加小心吧，塔克。”

塔克看了他一眼，又赶紧把目光移开。

“你也一样，兄弟。”

布洛迪转身对着车窗。眼看就要到跳车的地方了，他的四肢准备起跳，他的灵魂环绕着他飘浮。

这时记忆浮现。它就像太阳升起，光芒四射，但速度奇快。记忆从那天开始，从艾登床头的那张照片开始。

阳光在水面上跳跃，空气里弥漫着夏日泥土、果味汽水和湿润泳衣的甜美气息。

天气晴好，他们在湖边游玩。怪物在那儿，却没有咆哮没有怒吼没有酗酒没有大喊大叫。他只是在说话，有时还放声大笑。艾登格外开心。天气晴好。

艾登在抛球。一个木头搭建的超长码头，在湖边疯长的荒草中延伸。他把球抛向码头的尽头；布洛迪开始奔跑，爪子噼里啪啦地叩击着木板。他跃起他飞扑他跳水他划水，去追那个漂浮的黄球。游泳。离开，回转。他爬回码头，把球丢在男孩沾满泥巴的脚下，然后甩掉身上的水珠。艾登在放声大笑，在咯咯傻笑，笑得上气不接下气。真美。

布洛迪气喘吁吁，倒在湿滑的木板上歇息。艾登挨着他坐下，双腿耷拉出码头，脚拍打着湖水。他伸出一只细瘦的布满鸡皮疙瘩的手臂，搂住了布洛迪的肩膀。布洛迪抬头，看着他阳光明媚的双眼，几乎不能呼吸。他简直爱死了这个男孩。

“好棒的狗狗。”艾登笑着赞叹。他摇着头，任凭湿漉漉的头发垂落，掉进眼里。他散发着一股雪糕的气息，凑了过来，又一次低声说出了那四个词：“你，我，一起，永远。”他抚弄着布洛迪湿漉漉的脑袋。“好不好啊，布洛迪？”然后，他发出了艾登独有的标志性大笑。因为天气晴好。因为他们在一起。“天哪，”他说着，一边摇头，一边看着布洛迪的眼睛，“我做了什么好事，居然能有像你这么棒的一只狗狗。”

那个男孩，那份爱，那声**永远**。对，就是这些。这些就是他为之奋斗的目标。这些就是他敢于直面天堂和地狱，以及天堂与地狱之间所有一切的底气。这些就是他敢于离开塔克，离开帕奇，独自面对这个丑恶世界的原因。

他绷紧爪子，抖动肌肉。他要奔跑着落地，沿着来时的路线返回。那些地狱狗正朝着相反的方向咆哮而去。他再也不会见到他们。

或者帕奇。

到了空地那儿，到了那段空旷而完备的人行道。它越来越近，然后就到跟前——轿车飞驰而过，空地不见了，向远处退去，布洛迪却还在车上。

他闭着双眼，感受着轿车行驶的轰鸣声，回味着那个明媚的夏日，他的男孩脸上绽放的金色光芒。他已经准备好起跳了。他已经准备好了。

这时，他的脑海里又一次响起了男孩的低语：

我做了什么好事，居然能有像你这么棒的一只狗狗。

还有那个并非天使的天使的声音：

你们俩都是好狗。**记着，做只好狗**。

塔克一直记得。布洛迪有那么一会儿，却差点忘记。

他不必为了自己的男孩抛弃塔克，抛弃帕奇。

为了他的男孩，他必须留下，与他们共同进退。

他的男孩爱他，全心全意地爱他。那是一种大爱，他必须得配得上。

这就是爱的真谛。它让我们更加强大。

他转身，与塔克并肩站在一起，直面前方。

塔克看着他。

“你不走了？”

“是的，我要留下。和你一起。”

塔克短粗的尾巴又开始摇摆。

“你的男孩怎么办？”

“我会找到他，我会的。我的男孩……他……他……应该拥有世界上最好的狗狗。我要为此努力。”

塔克的尾巴摇出了双倍的频率。他对着布洛迪咧嘴一笑，然后又朝挡风玻璃望去。他看见，前面的轿车里，帕奇还在撕扯还在抓挠还在扑打。

“谢谢你啊，塔克。”布洛迪过了一会儿说。

塔克歪头看着他。

“为了什么？”

“为了做只好狗。好了，我们去救那只长毛猫吧。”

塔克欢快地摇动尾巴，像一只小小狗。

“好咧！我们这就出发，兄弟！你有方案了？”

“我的方案不是抛弃她嘛。你的呢，英雄？”

可是方案并不必要。因为就在这时，他们的挡风玻璃被帕奇所在轿车的刹车灯照亮。他们的车也开始减速。

“该行动了，”布洛迪说，“你准备好抓住她了吗？”

“嗯，准备好了。”

“好咧，我们就这么定了。”

汽车还没停稳，他们就跳了下来。帕奇也随即跳车。

她背对他们，侧身摔到了人行道上。她还没来得及迈步，塔克就把她叼了起来。他们冲上了人行道，地狱狗紧随其后。

尽管塔克四肢发力，一心想甩掉身后咆哮不止的地狱狗；尽管帕奇被塔克叼在嘴里，又是蹿动又是摇摆又是晃来荡去；可是这一次，帕奇却没有任何怨言。

“你们两个白痴居然回来了。”她说。

“我们当然要回来啊。”塔克说。他说话的时候，没有丝毫的犹豫，也没有对布洛迪露出任何的轻慢。

塔克为什么会这样？因为塔克是这样一只狗：他总是看到别人最好的一面，而不去纠结不好的一面。

奔跑中，布洛迪看着帕奇。

“你的灵魂。”他说。

“它怎么啦？”帕奇悬吊在那只比特犬的嘴里，厉声问道。

“它……几乎没了。”

帕奇的灵魂只剩下零零星星的几个光点，暗淡，稀疏。

“好吧。那又怎样？”

“被他们抢走了，是吗？”

帕奇吐了一口唾沫。

“你开玩笑吧？我才不会让那些黑眼恶狗**得逞**呢。光是这些利爪就能把那些愚蠢的鬼怪吓跑。还不都是因为跳车和奔跑。我本来光点就少，又和你们两个白痴混在一起，它消耗得不快才怪呢。”

布洛迪回头看去。像先前一样，地狱狗压根跟不上他们奔跑的速度。可是，他们依然紧追不舍。

“我说，你们有什么打算呢？”帕奇询问道。

“你不是正看着嘛。”

“什么？要跑到太阳出来啊？这就是你们的打算？”

“难道你有更好的办法吗？”

雪下得更大了，白色的雪花漫天纷飞。天空阴郁，乌云密布，太阳早就不见了踪影。天黑了，地狱狗追得又紧，而他们的灵魂光点还在一个接一个地熄灭。

布洛迪腿上奋力跑着，脑子也转得飞快，一心想找到一条出路。只有这样，他才能甩掉地狱狗，才能找到自己的男孩，他的艾登。他在黑暗中寻找着办法……却一无所获。

这时，塔克说话了。

“我有主意了。”

“噢，太好啦，”帕奇说，“不会又和熏肉有关吧？”

“你得了吧。”

塔克突然转弯，钻进了一条小巷。巷子里黑咕隆咚，朦朦胧胧。地上的积雪没有被车碾轧，没有被人踩踏，就像铺了一张柔软的地毯。

沿着小巷走到一半，有一个废料箱。

这时，塔克冷不丁地一甩脑袋，把帕奇抛向空中。只见她咻咻叫着，四肢伸展，做了一个空中翻，很不优雅地落在了废料箱上。

“**你到底要——**”她喊了起来，可是塔克压根没听。

“轮到你了。”说完，塔克在废料箱边站定，看着布洛迪。

“干什么？”

“上去，”他说，“踩着我的后背跳上去。”

“你怎么——”

“赶快！马上！请相信我！”

布洛迪犹豫了一下，这才后退了几步。接着，他助跑起跳，踩着塔克的后背腾空而起，他的前爪落在了废料箱上，后爪却落了空，只好不住地扒拉。最后还是塔克伸出鼻子，助推了一下，他才爬了上去。他连忙转身。

“你怎么办呢？你怎么上来呢？”

“我不上去。”

“什么？”

塔克抬头，凝视着布洛迪的眼睛。他的神色庄重，严峻，却很平静。

“这是唯一的办法，兄弟。只要大黑霸占着你的灵魂，他们就会一直对我们紧追不舍。所以，我要把它抢回来。”

“塔克，你不能！你怎么能——”

“听着，”塔克说，语气平静而坚定，他说得很快，却句句发自肺腑，掷地有声，“我要这么做。我要这么做，为你，为你的男孩，也为我的女孩，我的艾米莉。这次我不会再临阵脱逃了，布洛迪。”

"他们在那儿！"

大黑的叫声响彻小巷。四只地狱狗穿过黑暗，朝他们扑来。

"没时间了，"塔克说着，转身对着布洛迪他们，"听着，兄弟。看着大黑的光格。等到它消失，你就**开跑**。"

"塔克，你简直疯了！你怎么能——"

布洛迪却被帕奇的耳语打断。

"闭嘴。"她悄声说道。

"你说什么？"

"那个白痴说得对。这是唯一的办法。就让他去吧。"

布洛迪猛然回头，看着帕奇。

"你说的倒是轻巧！我知道你恨他！"

帕奇给了布洛迪一个长长的难以理解的眼神。然后她眨眨眼，扭头看着别的地方。

"这是唯一的办法，"她又说了一遍，"你准备好开溜就成。"

塔克迎着即将来临的危险，挺身而出。

他剩余的灵魂在周围的砖墙上，脚下的雪地上，闪烁着微光。

他昂着头，没有呜咽，没有发抖，没有逃跑。

塔克为什么会这样？因为他是塔克。而塔克……这么说吧，他真的很了不起。

地狱狗们停在几步开外，黑黢黢的眼里布满了怀疑。

"你耍什么花招啊？"大黑问道。

"没什么花招，"塔克回答，他身体紧绷，一动不动，"只有牙齿。不过，它们都是冲着你的，大黑。"

大黑金色的尾巴开始摇摆。他抢来的灵魂光点环绕着他飞舞，照亮了他黄色的毛发。他只剩下了两个光点。

“你知道自己没有胜算，对吧？”他问道，“你斗不过我们，我们死不了。”

“那咱们走着瞧呗。”

“好啊，”大黑一边说，一边带着同伙不断逼近，“我们就走着瞧呗。”

塔克站在魔鬼与好友之间。地狱狗把他紧紧围住，将他困在了中央。废料箱下面的小巷里，充斥着黑黢黢的眼睛和赤裸裸的牙齿，还有一个勇敢的闪光的灵魂。空气简直就要爆炸。

“小的们，这次我们就不论资排辈了，”大黑咆哮着，“等到另外一个再说吧。这个难对付的家伙嘛，大家尽管下嘴去咬。我们非把他撕个稀巴烂不可！”

没有一刻的等待，没有一秒的停顿。大黑刚刚说完，战斗就已经打响。

17

这是一场恶斗，这是一场最后的对决。塔克牺牲了自己，成全了布洛迪。一只了不起的狗狗，引爆了一场了不起的对决。

对决开始。刹那间，身体冲撞，牙齿裸露，喉咙嘶吼。这是一场混战，一场鏖战，一场激战。无论谁，无论生死，只要他在观战，他都会脉搏加快，热血变冷。天使看到这么惨烈的战事，脸色也会变得苍白。

塔克占了什么优势？塔克是一位勇士，拥有勇士的肌肉、牙齿和心脏。他是一个十足的战士，尤其是他在为目标而战的时候。

塔克处于什么劣势？塔克孤身一个，却被四只觊觎灵魂的杀手狗围剿。

他，那个塔克，一刻都没有松懈。他旋转他撕打他猛咬他坚守阵地。

地狱狗龇牙咧嘴，贪婪地狞笑着，朝塔克扑来。他们或单打独斗或成双结对或全体出动，总是獠牙当先，又是飞扑又是闪躲又是吼叫又是撤退，然后再进行另一轮的反扑。塔克仗着一颗勇敢的心，与他们展开了搏斗。

他孤军奋战，对方却是狗多势众。

布洛迪见证了那个时刻，塔克失去第一个灵魂光点的那个时刻。

塔克勇猛地下嘴，死命地吠叫。他打跑了两只地狱狗，把他们逼得连连后退……可是就在这时，烟鬼却抓住了他的破绽。只见他溜到塔克毫无防备的侧腹，对着塔克黑色的身体狠狠地咬了下去。

塔克旋转，可是烟鬼死不松口。他摇着脑袋，对着塔克一通撕咬。就在布洛迪的眼皮底下，一个闪烁的光点，接着另外一个，挣脱了塔克，开始围着烟鬼飘浮。

塔克发出一声呜咽，一声充满绝望的呜咽。他抬头看着漆黑的夜空，发出一声哀嚎。那是一声痛失的哀嚎，一声痛惜的哀嚎，一声痛苦的哀嚎。布洛迪熟悉那个声音，知道灵魂被攫取时的那种感受。他站在上面，听着好友可怕的哀嚎，他那颗破碎的心上又增添了新的裂纹。他走到废料箱边上，做好了跳下去的准备。帕奇的利爪却按住了他的肩膀。

“不要，白痴，”她咻咻地叫道，“不要。这是他的事情，让他自己解决。”

他们的下面，塔克用一声怒吼结束了自己的哀嚎。他死命地转身，甩脱烟鬼，把他连滚带爬地丢到了善扑和大头中间。趁着他们在墙根摔作一团，塔克没顾得上喘息，就朝大黑扑了过去。

大黑做好了迎战的准备，却没有做好迎战塔克这样一只狗狗的准备。

他用牙齿抵挡住了塔克的第一次攻击。不料塔克快如闪电，又接二连三地从上路、下路和中路发起了进攻。他又是转体又是俯冲，大黑只好横拦竖挡，拼命躲闪。可是他跟不上塔克的速度，也没有塔克的决心。

塔克突破了防线。他对准大黑黄色的皮毛，狠狠地咬了下去，死不松口。

别的地狱狗已经站稳脚跟，做好了战斗准备。他们扑向塔克的臀部。

一群狗，包括塔克在内，又是牙咬又是嘴撕，互相绞缠在一块儿。他们兜兜转转，跌跌撞撞。

塔克又有二、三、四、五个灵魂光点被恶狗夺去。他发出一声尖锐的哀鸣，划破了混战的喧嚣，可是他并没有松口。大黑两个光点中的一个开始挣脱，朝着塔克飘浮。

大黑疼得狂叫起来。他死命地扭动，终于挣脱了塔克的利齿……那个他差点失掉的光点，那个差点被塔克抢回来的光点，留在了那只邪恶的地狱狗身边。塔克翻眼，旋转，甩掉了其他几只地狱狗。

有那么一口气的工夫，那么薄如蝉翼的一瞬间，所有参战的狗狗都站在了那儿，龇着牙，红着眼，在黑暗中对峙。不过也就是一口气的工夫。接着，他们开始杀气腾腾地吼叫着，又投入了最后的决战。

塔克扑向大黑，可是地狱狗们还是占得了先机。他们对着塔克的肩膀、后背和侧腹咬了下去。塔克不顾他们的撕咬，没有减速，也没有停下。他拖着这些地狱狗，继续朝前奋进。大黑连连后退。

“够了，傻狗，”大黑咆哮着，随着塔克的逼近而慢慢后退，“就让我们做个了断吧。”

塔克每走一步，喉咙里便发出一声痛苦不堪的哀嚎。他的灵魂光点正一个接着一个，一对接着一对离他而去，飞向他的对手。

随着一声呻吟，一声哀鸣，塔克瘫倒在地上。地狱狗们将牙齿扎得更深。他们摇着尾巴，尽情地享用着这场灵魂盛宴。

要是有天使观战，他们也肯定会流泪，一定会流泪。

大黑朝前跨出一步，居高临下地看着被挫败的塔克。

“所有这些愚蠢的反抗，”他嘲讽地看着塔克绝望又恳求的眼神，“只会让你的灵魂更加香甜。”

别的地狱狗还在撕咬着塔克，一点一点地夺走他的光格。

他只剩下五个光点。然后是四个。

布洛迪收拢肩膀，准备起跳。

“不要。”帕奇低声对布洛迪说。她看见他做好了跳下去的准备，做好了与塔克一同牺牲灵魂的准备。

只剩下三个光点。

“**你看看他的腿**。”帕奇咝咝地说道。

布洛迪眯起眼睛。他看到了。

就在大黑幸灾乐祸地俯视着塔克，别的地狱狗一点一点地抢走他的灵魂的时候，塔克慢慢地把腿收到了身下。他的后腿弹性十足；此时此刻，它们肌肉紧绷，已经准备就绪。他的前爪在小巷的砾石路上不住地扒拉，寻找着支点。他的眼睛，要是你能看出门道，不是在恳求，而是在等待时机。

可是他的光格几乎消耗殆尽。他几乎就要黑掉了。

可是几乎又能怎样？对于塔克这样一只狗来说，几乎根本算不了什么。他几乎就要黑掉了，可是相信我……他决不会缴械投降。

只剩下两个光点了。这时，其中一个从他身边挣脱，开始围着烟鬼贪婪咀嚼的嘴巴飘浮。

塔克只剩下一个光点，一个闪烁的光格。

“悠着点，小的们，”大黑贪婪地舔着牙说，“我来最后一口。”他向前迈出最后一步，与塔克只隔着几寸的距离：“你准备好输掉自己的灵魂了吗，狗狗？”

塔克做出了回应，不是用语言，而是用一声吼叫，一个猛扑。

他四肢发力，身子朝前弹射，挣脱了地狱狗的控制。他牙齿当先，猛扑过去，咬住了大黑的喉咙。他咬紧牙关，死不松口。

大黑挤出一声隐忍的哭叫。哭叫里有暴怒有惊讶有痛苦，还有痛失。

一个灵魂光点——从布洛迪身上抢走，现在又被夺回——挣脱了大黑，飞向了那只比特犬的喉咙。接着，塔克把牙齿扎得更深，使出浑身的力气拼命地抽拉。最后一个光点也离开了大黑，环绕着塔克飘浮。

大黑嗥叫着，就像他所有的光点，所有的欢乐，所有的希望都被抢夺一空。他的情形的确如此。真的，那声嗥叫非常可怕。它让你希望能像闭上眼睛一样闭上耳朵。它让布洛迪背上的毛发直竖。

另外几只地狱狗不明就里，连连后退。

“走啊！”塔克叫道，嘴巴却没有松开，“走啊，布洛迪！”

废料箱上，布洛迪看着自己无所畏惧的好友，发出一声哀鸣。

“快走啊，白痴，”帕奇咻咻地叫道，“要是你不走，一切都白费了。”

说罢，她跳到地上，沿着小巷狂奔。

布洛迪又迟疑了一下。

塔克翻着白眼，看着布洛迪，嘴巴依然咬着大黑的喉咙。

“走啊！”他大声喊道。

这时，善扑回过神，朝塔克扑了过来。只见他露出一嘴獠牙，冲向塔克最后几个零零星星的灵魂光点。

布洛迪做了什么？布洛迪不再迟疑。

他从废料箱上一跃而下，抢先撞向了善扑。他把善扑按在沥青路上，牙齿深深地扎进了他的后背。他抬头，与塔克四目相接。

“没有你，我不会走的。”他说。真的，他说着这句话，眼神里有种不容置疑、不折不扣的真诚。塔克感受到了这份真诚，甚至比他嘴里咬着的恶魔更加真实，更加不可撼动。

塔克眨了眨眼。他死命地转身，把大黑从地面上拎起。他甩动脖子，然后松口，把那个没有狗性的恶魔连滚带爬地丢到了另外几只地狱狗中间。就在他放开恶魔的那一刻，他开动四肢，朝着布洛迪狂奔。布洛迪冲着善扑发出最后一声怒吼，然后放开他，顺势跳开，与好友肩并肩，飞奔而去。

“你应该跑掉才对啊。”塔克说。

布洛迪看着他。

“塔克，丢下你跑掉？”他反问道，“决不！”

塔克冲他咧嘴一笑。

可是布洛迪看到了什么？即使是在奔跑中，即使是被地狱狗狂追不舍，布洛迪还是在塔克的眼里看到了某种东西。它不是某种东西的增多，而是某种东西的减少。塔克眼里少了某种东西，正如他的周围少了飘浮的光点。他的眼中缺少了……**塔克**。反正布洛迪感觉到了。真的，塔克身上少了塔克的味道，直叫布洛迪身心俱痛，想同时发出哀鸣和怒吼。

他的好友正在消散。

帕奇在小巷尽头的人行道上等着他们。布洛迪回头看了一眼，才滑行到她身边停下。大黑和他的同伙还在小巷深处，不见踪影。

帕奇的眼睛一眨不眨，久久地注视着塔克正在减少的光格。

“怎么啦？”塔克问道。

“没什么，”帕奇过了一会儿才回答，语气十分平静，然后她转身，迎向大路上行驶的汽车，“来吧，我们跳车。”

他们蹭的下一部车是一辆装着茶色玻璃的红色SUV。前面有辆车靠边停下，SUV减慢了速度。三个迷失的灵魂趁机跳进汽车，飞驰而去。

“我看不见他们了。”布洛迪汇报。他回头，目光透过汽车后面的车窗，看着黑乎乎的巷口。

“他们还没追过来呢。”帕奇说完，舔了舔爪子。

“你怎么知道呢？”

帕奇瞪了他一眼，然后看着窗外。

“大黑刚刚失掉最后的光格。没有了最后的光点，你会崩溃。即使原先的光点不属于他，失掉了它们，他也会崩溃。他会来找我们的，而且会变本加厉，只不过需要一段时间。”

此时此刻，外面已经夜色沉沉。只有头顶的路灯和汽车的前灯照着大街。

“太好了，”布洛迪说，“这下我们有机会脱身了。他们看不到我们走哪条路，我们可以甩掉他们了。”

“不，我们甩不掉的。”塔克说。

“为什么？”

塔克扭头看着别的地方。他只剩下三个灵魂光点——一个他自己的，两个布洛迪的——在他周围闪烁着微光。它们显得格外细小，格外脆弱。

“哦，”布洛迪说，“难怪。”

塔克像狮子一样拼命。他从黑心恶魔那儿夺回了布洛迪的光点，可也为此付出了自己的灵魂。那些地狱狗夺走了他的灵魂——

至少是大部分灵魂。

“**我们**摆脱不了他们，”塔克说，“可是你们能。他们现在没法跟踪你们了。”

“不行，塔克。我不要离开你，我不要……”

“你当然要离开我啊。那些恶狗会跟踪我；过不了多久，一旦他们开始行动，我就和你们俩分开。我把他们引到别的地方，我会跑到光格耗尽。那时你要趁机找到你的男孩。这才是它正确的打开方式，兄弟。折腾没用。”

“你不能，塔克。你不能冒这个风险。要是你失去了全部的灵魂呢？要是你……”

“这正是我要做的，”塔克打断了他，“布洛迪，我要你解救你的男孩。这是我这次回来的目的，也是我的第二次机会。这次我不能让大家失望了。”

“可是，塔克，我……”

“唉，顺其自然吧，”帕奇啐了一声，她朝后竖起那只完好的耳朵，瞥了布洛迪一眼，“明明知道自己已经输了，干吗还要继续玩命？他说得对，你也明白这个道理。由他去吧。”

布洛迪颈毛直竖。他想冲着帕奇吼叫，龇牙，发泄怒气。

布洛迪做了什么？他什么都没做。因为他知道，帕奇说的在理。因为他还知道，塔克说的都是实情。

布洛迪看看帕奇，又看看塔克。然后，他看着外面雪花纷飞的黑夜。

他知道自己该怎么做了。

“好吧。”他说。他看着窗外，此时此刻，他们正驶过一个公园。里面有很多树木，还有一个寒冬时节不再喷水的喷泉。

“他们跟过来了吗？”

塔克闭上眼睛，然后睁开。

“没有。”

“太好了。我们行动吧。”

布洛迪没等他们回答，便纵身一跳。他跳得很远，直接越过大街，落在了公园的雪地上。

过了一会儿，塔克和帕奇也从车门一侧飞出。塔克落地时差点摔倒，不过他控制住了自己。他放下了嘴里叼着的母猫。

布洛迪走到水泥喷泉跟前。喷泉干涸，布满裂缝，落满了又干又薄的黑色树叶。他抬头看着冬天的夜空，只见乌云密布，遮住了星光。

“我们这是干什么呢？”

布洛迪看着塔克的眼睛，舔了舔嘴唇。

“你确定我们要分头行动吗？”

塔克咽下一口口水。

“是的，兄弟。我们必须分头行动。”

布洛迪叹了一口气。

“我知道。”

他又看了看天空，然后回头看着自己的朋友。

“那么，你是准备好告别了？”

塔克发出一声低沉的哀鸣。

“妥妥地准备好了。”他环顾公园，又回头看看街边的路灯，“我该往哪边走呢？”

布洛迪抬眼望着乌云。正如天使告诉他的一样，乌云散了。

“上面。”他回答。

布洛迪做了什么？布洛迪对着月亮嗥叫，呼唤天使降临。

18

关于呼唤天使降临，有件事大家应该了解：天使从来不曾远离，所以他们很快就会现身。

有那么一会儿，但是只有那么一会儿，布洛迪以为，自己的呼唤落空了。月亮还在散开的云彩中间闪耀，公园依然处在冬夜的黑暗之中。布洛迪的心中一阵惊慌。

可是那位天使呢？他出现了。他当然出现了。

他没有乘着羽翼降临，也没有沿着闪烁的月光滑落。不，这些都不是天使降临的方式。他们根本就不用**降临**，因为他们一直都在。

所以，天使回应你的召唤的时候，感觉就像有人回到了家。你知道它像什么吗？你知道那种感觉吗？就像你刚刚醒来……也许是早晨，也许是半夜，也许是长途旅行回来的后车座上……你以为自己孤孤单单地眯了一会儿，可是你却忽然发现，你的妈妈就在那儿，正在看着你；你知道她爱你，你从来都没有孤单过。对，就是这种感觉。

三个朋友站在黑暗中，站在空荡荡的喷泉边。然后，他们依然站在黑暗中，站在空荡荡的喷泉边，身边却多了一位端坐着的天使。就是这样。

“你们好啊，布洛迪，塔克，帕奇。你们准备好了吗？”

天使总是在询问。即使他已经知道了答案。

帕奇朝后竖起那只完好的耳朵，不住地甩动尾巴。不过她没有咆哮，也没有转身。无论你有多么冥顽不化，你对天使都不能置之不理。

塔克耷拉下尾巴。他久久地注视着天使，然后转身看着布洛迪。

“就这样了，嗯？你就这样放弃了？”

布洛迪靠近了塔克。他们靠得很近，肩膀都贴在了一块儿，闪烁的灵魂光点都交织在了一起。

“不，”布洛迪回答，“我不会放弃。塔克，我呼唤天使，不是为了自己，而是为了你。”

塔克毛发竖起，后退了一步。

“你说什么呢？没有你，我才不会走呢。”

“**为了**我，你必须走。因为，塔克……要是你留下……要是你为我留下，失去灵魂，困在这儿，那么我永远也不会离开。要是你现在不走，我们俩就会永远被困在这儿。”

塔克绝望地盯着布洛迪的眼睛。

“我不能，布洛迪，我不能再辜负你了。我不能像辜负我的女孩一样辜负你。”

布洛迪低吼了一声。

“辜负？你没有辜负艾米莉。你也没有辜负我。”

“可是我跑掉了。我硬是要跑，而且我……我……”

“那又怎样？你是一只狗狗，你想奔跑。你没有背弃她，也没有辜负她。塔克，你不是一只**坏**狗。你只是一只**狗狗**，一只爱跑的狗狗。然后就发生了不幸。仅此而已。”

布洛迪又向前走了几步，缩小着他们之间的距离。

“你知道吗？塔克，你从来没有放弃过我。从来没有。即使是我们被地狱狗围困，即使你的灵魂被他们掠走，你也没有放弃我。你从来都没有跑掉。”

月光下，塔克的眼睛里光芒闪动。

“你做到了，塔克，”布洛迪小声说着，语气格外地愉快，“你完成了你来这里的使命。”

塔克开始摇动尾巴。

“那么，你觉得我现在是一只好狗了？”

“没有，塔克，”布洛迪回答，有那么一口气的工夫，这句话悬浮在他们中间，直叫塔克的尾巴停摆，“我觉得你**一直**都是一只好狗。”

他的尾巴又开始摇摆，而且格外用力。

天使没有说话。他站在那儿，听凭两个好友面对面、心交心地交谈。

为什么天使会这样？因为他知道。他知道有些时候，等待与倾听是你能给予的最好帮助。

可是他还知道，时间是一个会流逝的东西。即使我们不希望它流逝。而且他还知道，布洛迪还有很多事情要做。于是天使说话了。他说话了，又一次问了那个同样的问题。

“那么，你准备好了吗？”

塔克看看天使，又看看布洛迪。

“我想我准备好了，”他说，却面对着布洛迪，“可是兄弟，我不能把你丢在这儿不管。我不能丢下你不管。”

“塔克，你不是丢下我不管，”布洛迪告诉他，“你只是比我先去了那儿。我很快就会过去。”

塔克眨了眨眼。他低下头，然后又抬头看着自己的好友。

“你保证？”

对布洛迪来说，这是一个新词。不过塔克刚刚说完，他就明白了它的意思。他明白了，而且喜欢。一旦弄懂了承诺，所有的狗狗都热衷此道。布洛迪开始摇动尾巴。

“我保证。”

布洛迪的这句话，完全发自肺腑。

可是也并非完全就是实话。承诺本来就是很荒唐的东西；周围的一切都在变化，承诺却保持不变。这种情况下，承诺有时候会被遗忘。一个被遗忘的承诺却又不完全等同于一个背弃的承诺。

除此之外，布洛迪的这个保证还真是一个承诺。

不过在那个时刻，这个并不重要。重要的是，布洛迪向塔克承诺，他们会重逢。他的承诺发自内心，真的发自内心。

“去吧，塔克。”

“我会等着你，布洛迪，”塔克说着，朝着等候他的天使后退，“我会在那儿等着你。在河边茂密的草丛那儿。等到那时，我们一起进入永恒。”

“好的。”

塔克围着天使转圈。他尽情地摇动尾巴，又变回了原来的塔克，灵魂闪亮，光芒四射。天使抚弄塔克的耳朵，摩挲他的毛发，抚摸他的后背。

塔克停下脚步，却还在咧嘴大笑。

“噢，我说，”他说着，突然转向布洛迪，“布洛迪，你还没有告诉过我，什么是你的**最**爱呢。到底是什么啊？”

布洛迪扭头，看着茫茫夜色。过了一会儿，他回头看着好友。

“我以后再告诉你吧，兄弟。”他说。

塔克的尾巴摇得更加欢快。

“好咧，那我走了。嗨，帕奇！”他冲着黑暗中闷闷不乐的帕奇喊道，“你也要来啊！你不觉得吗？”

帕奇扭头，看着别的地方。

“不，”她说，语气决绝，冰冷，“我不觉得。”

塔克的尾巴并没有放慢。

“好吧。不过，总有那一天的，对吧？”

帕奇没有回答。

“总有那一天的。”塔克又说了一遍。然后，他抬头望着天使。“现在吗？”他问道。

“是的，塔克，”天使回答，“就是现在。”

塔克放慢尾巴，坐在了天使的身边。他抬头看着月亮，月光皎洁，仿佛在向他召唤。

为什么塔克会这样？因为他这只好狗已经做好了准备。

就在这时，帕奇打破了沉默。

“嗨，白痴！”她大叫道。

塔克扭头看着她，不过有些不情不愿。他那不情不愿写在脸上，甚至帕奇都看得出来。

为什么塔克会这样？因为他这只好狗已经做好了准备。

“怎么啦？”塔克问道。

帕奇看了他一会儿。她左右甩着尾巴，内心似乎十分挣扎。然后，她打了个哈欠，扭头看着别的地方。

“没什么。趁着能走，还是离开这个破地方吧。”

塔克的尾巴快活地砸了几下地面，权作回答。然后，他又把目光转向了月亮。

为什么塔克会这样？因为他这只好狗已经做好了准备。

这时，事情发生了。

布洛迪没有移开目光。即使他不想去看，即使看着朋友离去让他悲欢交加，就像自己又死了一次，他也没有移开目光。

月光开始闪耀，变成了一道炫目的延展的光束。塔克的灵魂旋动着闪烁着飞升着，与光束交汇在了一起。

飞升，摇尾，消散。然后离别，离开。

塔克不见了。

公园里一片漆黑。

布洛迪低下了头。

帕奇蹲在那儿，一言不发，一动不动。

天使，那个从来不曾离开的天使（永远都不会离开的天使），开始对着布洛迪说话。

“你也应该过来，”他说，“趁着能来，你还是过来吧。”天使为什么这样说？因为他出自真心，完全发自肺腑。因为他知道其中有什么风险，而布洛迪又是这么一只好狗。因为他清楚地知道，布洛迪可能会有什么样的结局。可是，天使的言行也有限度。

布洛迪抬起头，走到了天使身边。他刚才看到了天使爱抚塔克；此时此刻，他也只想被人抚摸。他是一个灵魂一个斗士一个朋友，可他也是一只狗狗，也想被人宠溺。

天使顺着布洛迪的心意，变换着花样和地方，摩挲着布洛迪的毛发。你猜怎么着？天使居然和布洛迪一样，格外地享受。他真的格外地享受。

“你准备好了吗？”即使是心中早已有了答案，天使还是做了第三次询问。

“我不能，”布洛迪回答，“我要找到他。”

“我知道。”

“我会找到他吗？”

“我不知道，布洛迪。我能预见很多事情，但不包括将来。”

天使的手指穿过布洛迪的毛发，摸到了他的皮肤。天使有没有手指，布洛迪有没有皮肤，这些都不重要。重要的是这种感觉很好。

“要知道，你不一定非这么做不可，”天使低着头，对布洛迪耳语，“有没有你，世界都在运转。有没有你，男孩的生活都要继续。他已经舍离，你也应该舍离。”

“他还好吗？”

“你的男孩吗？”

“是的。他还好吗？你能保证他还好吗？您能保证他会好吗？”

布洛迪声音发颤，身体发抖。

天使的头低得更低了，嘴唇都贴上了布洛迪的脑袋。要是他长着一双眼睛，他也会闭上。

“不行，我不能违背原则。布洛迪，我不能做出任何承诺。不过，我可以告诉你，无论男孩有什么样的人生道路，即使你把灵魂拱手让给黑暗，也不能让他的道路变得更加光明。布洛迪，趁着还来得及，跟我来吧。”

布洛迪连连后退。他挣脱了天使，急忙走开。

“不行，”他说，“无论如何，我都要找到我的男孩。”天使站在那儿。他的脸，如果他有一张脸的话，一定会气得扭曲。

天使会发怒吗？他们不应该发怒。可是，这位天使却发怒了，

因爱生怒。

“你不知道你有多么危险。”天使扭头看着远处。他以天使独有的方式，目光掠过树林，越过马路，投进了小巷。天使看见，那些黑眼恶狗正爬起来，嗅着空气。

“那些恶魔，要知道，他们就要追来，”他说，“他们已经上路。他们会找到你。到了那个时候，即使我有心，恐怕也爱莫能助了。”

布洛迪同样望着远处，望着公园外面小城喧嚣的黑夜。城里充斥着房子、车子、光、影、恶魔和迷失的孩子。

“好吧，”布洛迪说，“我想我得走了。”

天使做了什么？他不见了。乌云遮住了月亮。

有那么一会儿，布洛迪感到难过、孤独和害怕。他几近哽咽，

可是像他这样的灵魂绝不会因为难过、孤独和害怕而变得黯淡。他们闪耀得更加明亮。

他看着帕奇。

“你还要和我在一起吗？”他询问道。

母猫盯着被乌云遮蔽的月亮，打了个哈欠。她转动那只完好的耳朵，追踪着夜的声音。

“干吗不呢？”她反问道。

他们没再说话，只是一路小跑着，消失在夜色之中。

19

怪物坐在黑暗中歇息。

他不断地挪动或伸展身体，弄得身下的沙发嘎吱作响。

电视的蓝光照着他的脸，在他身后的墙上投射出一个人头形状的阴影。罐装啤酒在他的嘴巴和膝盖前面的茶几间穿梭。电视的声音大得刺耳，房间里充斥着喊叫声撞击声音乐声装模作样的笑声。

布洛迪坐在那儿，盯着怪物。他看着艾登的老爸，毛发从来没有顺溜过，嘴巴从来没有闭合过。

布洛迪知道，怪物再也伤害不到自己，可是这并不重要。怪物甚至看不到他，更不要说对他拳打脚踢，可是这并不重要。这些都不重要。重要的是，沙发上的怪物让人感觉还是那么**危险**，还是那么恶毒，还是能把布洛迪吓得瑟瑟发抖。新词在他的脑海里绽放：**凶险**，**险恶**，**恶毒**。

这是布洛迪最不想来的地方，却是他唯一能来的地方。他知道，他的男孩不在，可是他又没有别的地方可以寻找。

没有塔克的陪伴，房间里显得格外空荡。布洛迪尽量不去想念塔克，而是一心一意地守着希望。塔克走了，想念他没用。塔克走了，塔克平安快乐，他很高兴。可是真相呢？布洛迪想他，真的真的想他。

帕奇坐在布洛迪的身边，灵魂光点在她周围飘浮。从公园到家里他们一路跳车，又是奔跑又是跳跃又是降落，帕奇又损耗了一个光点。尽管布洛迪也像塔克一样，只要可能，就把帕奇衔在嘴里，可她还是只剩下几个光点，也就零零星星的三四个而已。他们穿过小城的时候，布洛迪就留意到，帕奇在时不时地观察自己的光点。此时此刻，她更加安静，黑色的眼睛几乎不看布洛迪的方向。

布洛迪的光点也变得稀疏。他看得出来，不是因为光点减弱了亮度，而是他**感觉**到自己正在消散。天使警告过他，他会迷失，永远地迷失。

布洛迪做了什么？一想到自己要失去灵魂，进入黑暗，永远迷失，他就浑身发抖。可是他却蹲在那儿，一双眼睛死死地盯着怪物。他知道自己会失去灵魂，但为了他的男孩，他甘愿做出牺牲。

怪物吸了吸鼻子，咳嗽了一声。布洛迪仔细地打量着他。

怪物的眼睛发红，有些肿胀。它们没有盯着电视，而是看着怪物的双手。他的眼里饱含着满满的隐忍的泪水。就像餐厅里的那个女孩，帕奇的女孩。

布洛迪歪着脑袋，看着那双眼睛，看着眼睛里的东西，看着隐忍的泪水。在那个孤寂的时刻，怪物好像也没那么可怕。

黑暗是什么？它是一种古怪的东西。它古怪，因为它扭曲它撕裂它拷问灵魂。它古怪，因为它能控制灵魂。它古怪，因为它**不能**掌控灵魂——不能完全掌控，不能。

“那么……我们要等多久呢？”帕奇打破了这一刻的宁静。

“我不知道，帕奇。依我看，需要多久就多久吧。”

“那么，我们又在等什么呢？”

这时，就在这时，传来了敲门的声音。

敲门声响亮，刺耳，不容等待。

怪物猛地抬头。他咽下嘴巴里的啤酒，放下了啤酒罐。他摇摇头，用一只脏兮兮的手擦了擦眼睛。

布洛迪站了起来，眼睛盯着门口。

“谁啊？”怪物喊道。

“开门，先生。”门缝里传来一声严肃的回答，有种居高临下的气势。

怪物眯起了眼睛。他咳了一声，站了起来。布洛迪跟着他到了门口。怪物开门，布洛迪朝他双腿的方向望去。

前面的门廊上站满了人。

三个人挤在乱糟糟的黑暗中。

其中两个穿着蓝色制服，扎着鼓鼓囊囊的腰带，佩戴着闪亮的徽章。一个男的，一个女的。一个词浮现在布洛迪的脑海：**警察**。

另外一位是一个戴着眼镜的瘦小男人。他一只胳膊下面夹着一个盒子，一只手上拿着一些文件。他眯着眼，抿着嘴，打量着艾登的老爸。

“邦德威克先生吗？”一个警官问道。

“你们把我的小子送回来了？”怪物问道。布洛迪快步向前，不由自主地摇起尾巴。可一听到警官的下一句话，他的尾巴又僵住了。

“没有，先生。你这是明知故问呢。这位是儿童保护机构的洛夫特斯先生。我们只是过来拿些艾登的东西。”

怪物有些愠怒。

“你们什么都不能拿。”

“我们能，先生。我们只是过来拿些衣服和学习用品。你需要把我们带到他的房间。快点，先生。”

警官的语气没有任何商量的余地。即使是怪物也听得出来。那个怪物能怎么做？他遇上了和他一样人高马大的对手，马上就熊到了家。

艾登的老爸抽抽鼻子，哼了一声。不过他还是靠后，乖乖地让他们进了门。

“好吧。就在过道的那头。”

他们一边走一边开灯。开关轻轻一按，黑暗便消失得无影无踪。布洛迪跟着他们，朝艾登的房间走去。他一腔愁绪，心乱如麻。他知道他们说出的大部分词汇，可是他不懂这些词汇的意思。

一个警官站在过道里，眼睛盯着怪物。

另外一个警官和瘦子进了艾登的房间。

他们开始翻找艾登的屉柜，一边把捡出的衣服放进盒子，一边轻声聊着什么。

布洛迪盯着他们，火急火燎地想弄明白到底出了什么事。他不喜欢他们的行为，不喜欢他们乱翻艾登的东西，不喜欢他们进出艾登的房间。除了布洛迪，艾登不许任何人进出自己的房间。布洛迪想怒吼，想狂吠，想亮出牙齿，逼着他们退出房间。

“真是难以置信。”帕奇说。她跟在后面，保持着一步的距离。

“你说什么？”

“就是这个啊。其实你能找到艾登，不过我觉得，你还不够努力。”帕奇的语气有点古怪。哦，是的，有点吃惊。不过，听起来并不惊喜。

“你在说什么呢？”

“动动脑子啊，笨蛋。他们在拿男孩的东西呢。他们要把东西拿给他，对吧？你只要跟着他们，不就找到他了。”

布洛迪转身看着帕奇，又转身看着那两个翻找东西的人，看着那个装满衣服的盒子。他们找到了艾登的背包，然后把它也放进了盒子。

布洛迪开始摇动尾巴。

“对啊，”他说着，朝那两个人走去，他想看清他们的表情，想从他们的表情中发现蛛丝马迹，“对啊。你说得对，帕奇。”

一双旅游鞋、一双袜子塞进了盒子。还有衣橱里的一件外套。盒子几乎满了。布洛迪摇着尾巴，根本停不下来。

“好啦，”警官说着，看了看房间，“我们走吧。”

瘦子拿起盒子，朝门口走去，布洛迪连忙让路。瘦子却又在门口停了下来。

“等等，他特意要一样东西来着。”瘦子的眼睛扫视着房间，停在了艾登床头的小桌上。他走过去，拿起了那张照片，那张艾登和布洛迪的合影。

“就是它了，”瘦子说，“他和狗狗的合影。他要的就是这个。”

他看着照片，语气非常平静。可是他脸上的皱纹里有种悲哀，他轻声的话语里有种厌倦。布洛迪当时就喜欢上了他，而且格外喜欢。

瘦子环顾凌乱的房间。到处都是衣服、图书和旧玩具。地板上放着一台电子游戏机，它还连着一台旧电视。瘦子抬起头，看着那个警官。

“这么多的东西，男孩却只要他和狗狗的合影。”

布洛迪有什么感觉？布洛迪有什么感触？布洛迪听到这句话，他的心开始雀跃。不过，相信我，**雀跃**这个词并不妥当，甚至不够贴切。他的心闪着金光，比任何永恒之地都要辉煌灿烂。他的心光芒四射，比任何地方、比所有地方的所有蓝天丽日、青山绿水加在一起还要明朗。

为什么布洛迪会这样？因为他在黑暗中跋涉了太久，希望已经变得非常遥远。爱之笃定几乎——**几乎**——开始被爱之回忆所替代。而没有笃定的回忆，一种可怕的东西很快就会滋生：怀疑。怀疑又意味着什么？对于一个迷失和流浪的灵魂来说，怀疑绝不是一种友好的陪伴。而怀疑正是布洛迪一直以来的状态。

现在又是什么情况？现在瘦子说了那一番话。

所有的黑暗都消失得无影无踪。

希望像阳光一样包围了他。

爱之笃定就像他血管里流淌的血液，心房里律动的心跳。

他的男孩，他的男孩没有忘记他。他的男孩正在某个地方，想念着他，等待着他。

你，我，一起，永远。

有的时候，阴间和阳世一样，会有一种寻觅：一个灵魂穿越黑暗，寻觅另外一个灵魂。如果你是那个寻觅者，你会觉得可怕，觉得孤独。可是，茫茫黑暗中，当你感知到有个灵魂也在寻觅着你，那是一种什么感觉？嗯嗯，那是一种最最美好的感觉。相信我，也许等到一切尘埃落定，那才是唯一最最美好的感觉。

就在这个时候，布洛迪感觉到，艾登正跨越横亘在他们之间的距离，寻觅着自己。就像布洛迪一直在寻觅着他。

布洛迪尾随瘦子和警官，回到了过道。

怪物还在客厅里等着，脸上写满了敌意和愤怒。

“好了，先生。我们就不打扰你了。”一位警官说。

“那是艾登的东西，”怪物看着箱子说，“一定要交给他。千万别弄丢或弄乱了。”

那位警官不耐烦地呼出一口气。

“不会的，先生。我们会把东西全交给他。”

怪物眯起了眼睛。

“他在哪儿呢？”

警官回答的语气显得很不耐烦。

“你知道的，我们不可能告诉你。我提醒你啊，根据法院下达的禁令，你不得进入距离你儿子五百英尺[1]之内的范围。艾登目前的养父母有关于你和你的汽车的描述，先生。只要你进入了距离他们或者艾登五百英尺之内的范围，你就得蹲监狱。”

“你们没有权利抢走我的儿子。”

[1] 英尺，英美制长度单位，1 英尺约等于 0.3 米。—— 编辑注

那位警官打开了门，正要走上门廊。听到怪物的话，他猛地收住了脚步。

他回头看着怪物。有那么一会儿工夫，他脸上的怒气和怪物不相上下。

“你打死了孩子的小狗，”他说，声音低沉，冰冷，平静，却特别特别地严厉，“你当着他的面踢死了小狗，还打断了孩子的鼻梁，弄青了孩子的眼睛。如果不是邻居报警，天知道会发生什么。先生，你很走运，法官居然允许你保释出狱。换了我可不成。”

怪物强压着一腔怒火。他站在那儿，左摆右晃，活动着手指。他很识相，还不至于大打出手。

所以，他只是不开心地说了一句：“他是**我的**小子。”

警官的眼里闪过一道怒火。他张嘴想说什么，却又抿上嘴唇，摇了摇头。他的眼神坚硬而犀利，就像子弹。

那位警官会怎么做？他是一个好人，他知道怪物的前科。他有很多话想说，可是他佩戴着警徽。

所以，他只是说了一句：“你离那个男孩远点。五百英尺以外。”

说罢，他走到门外，带上了门。

留下布洛迪和帕奇站在房间，和怪物一起。

布洛迪知道，自己必须跟着警官和瘦子。他知道，自己必须穿过房门，跳上警车。

可是他却站在那儿，死死地盯着怪物，脑海里回响着那些挥之不去的声音，那些关于鼻子打断眼睛青紫的词语……他不想听到那些词语，不想看到那些伤痕。那些词语逼得他想狂奔，奔出门，跳进警车，尽快奔向他那遍体鳞伤的男孩。

可是他没有。他站在那儿，盯着那个怪物。

为什么布洛迪会这样？他毕竟和怪物在同一个屋檐下住了好几个年头，已经学会了看他的眼色，他的姿势，他咬紧牙关或者紧握拳头的样子。他学会了区分好日子和坏日子，学会了分辨好情绪和坏情绪。毕竟在他还听不懂人话不知道天使和灵魂之前，他就认识了怪物。

布洛迪不喜欢警官关门时怪物的那个眼神，不喜欢他紧握拳头和咬紧牙关的模样。

“我们跟着他们吗？”帕奇问道。

“你去，”布洛迪说，眼睛却没有离开怪物，“盯着他们。弄清他们走哪条路。”

“你什么意思？难道你不想——”

“快去啊，帕奇！”

帕奇看了布洛迪一眼，可是布洛迪的眼睛还黏在艾登的老爸身上。帕奇一路小跑，蹿出了房门。

怪物走近前面的窗户。他拉开窗帘，只拉开一个小缝，偷偷地往外看去。他咬紧牙关，松开，又一次咬紧。他用鼻子大声地呼吸。他使劲地揉着发红的眼睛。

布洛迪听到，外面的车门关上了。发动机正吼叫着苏醒。

布洛迪知道，自己必须追赶。他知道，自己不能放过这个找到艾登的机会。

外面传来了汽车轮胎轧过碎石的嘎吱声。

就差一口气的工夫，布洛迪就能蹿出房门，追上汽车了。

可是这时发生了什么？就在这时，怪物小声嘟哝了几句。他只是在自言自语，却不知道有一只热切的幽灵狗毛发直竖，龇牙咧嘴，正在冲着他的背影吼叫。布洛迪听见了他的话。

他的原话是："我要夺回他。我要夺回我的小子。"

怪物把手伸向沙发，拿起了车钥匙。

怪物小心翼翼地把门打开一道缝隙，偷偷摸摸地朝外张望。

警车开走了。不过，它停在了街头的红绿灯那儿，尾灯闪着红色的光。

帕奇站在人行道上，眼睛盯着警车，尾巴不安地抽动。

怪物走到外面，随手关上了家门。他偷偷地溜到门廊的边上，躲进了黑暗。他呆滞的眼睛里直冒怒火，死死地盯着警车的尾灯。他哪里知道，一只忠诚的幽灵狗正尾随在他的身后。

警车右转，消失在大街的拐角。怪物开始行动。

他奔下台阶，手里的钥匙叮当作响。他的车就停在路边——对于这辆车，布洛迪再熟悉不过。它锈迹斑斑，破烂不堪；一扇车窗没了，上面用胶带粘了一块硬纸板对付；汽车只要一动弹，发动机便又咳又喘，滴下血珠一样的黑色油污。

车门吱呀一声开了，怪物一屁股坐进了车内。布洛迪紧随其后，喉咙里含着一声嘶吼，嘴唇上备着一声咆哮。

布洛迪心潮澎湃，心绪不宁。他的心充满了勇猛和狂暴的力量，还有恐惧。

“怎么啦？”帕奇问道，“我们不跟上警车吗？”

“他在追踪他，”布洛迪说，“他在追踪我的男孩。”

PIZZA

帕奇看看怪物，又看看布洛迪。

“听起来不妙啊。”她说。

“嗯，不妙。”

怪物发动了汽车。发动机噼里啪啦地旋转，终于启动。布洛迪透过车窗看到，怪物点燃了一根香烟。布洛迪讨厌香烟。

“你打算怎么办呢？”帕奇低头看着马路，问道。

“尽我所能吧。”布洛迪回答。然后，他从汽车有凹痕的一侧穿越而过，跳到了怪物后面的车座上。

车内肮脏不堪，到处都是快餐的包装袋，喝空的啤酒罐和皱巴巴的脏衣服；到处弥漫着难闻的烟味。

帕奇穿越车门，跳到了布洛迪的身边。这时怪物踩下油门，汽车轰鸣着飞驰而去。

怪物愤愤不平，怒火中烧。他开着车，嘴里骂骂咧咧，紧绷的身体气得不停地颤抖。他大口抽着香烟，就像一条火龙。

不过，像所有可怕至极的怪物一样，他并不愚蠢。他偷偷摸摸地溜到门廊；他小心翼翼地开车，小心翼翼地停下等红灯，小心翼翼地靠近交叉路口。他趴在方向盘上，寻找着警车。

他一定看到了警车。因为他笑了，贪婪地笑了，恶毒地笑了。这笑容尖酸刻薄，转瞬即逝。

可是，他并没有急着开车。没有，他在等待。

怪物为什么会这样？因为他在捕猎，捕猎的怪物不想被别人发现。

最后，汽车震颤了一下，开始启动。他们在街灯下行驶。

“听着，布洛迪，”帕奇说话了。她的声音里有种奇怪的紧张，有种用力过猛的高音。但是布洛迪听出来了吗？他一心一意地盯着怪物，想着他那受伤的男孩，压根没有在意。“你什么也做不了。你知道的，对吧？你干吗不跳车、不嗥叫——”

那个模糊的可怕记忆再次闪过布洛迪的脑海：恐惧，危险……他跑掉了，背弃了艾登。艾登惊慌失措地喊着，乞求他回来。

“决不，”布洛迪吐出这句话，干脆得像一声吠叫，“帕奇，这个怪物暴打了我的男孩。他伤害了他，伤得很惨。现在他又要去找他。我**决不**能离开。”

怪物慢吞吞地驾驶汽车，转到了另外一条街上。这条街更加热闹，车水马龙。夜色里，怪物与遥遥领先的警车保持着距离。来往车辆从怪物身旁经过，怪物的眼睛却一眨不眨，一刻也没离开过远处警车的尾灯。布洛迪的眼睛也一刻没离开过怪物。

“笨蛋，这些过去的恩怨已经跟你无关了。你已经死了，就让他们自行解决吧。你不如趁机脱身得了。”

布洛迪激动地看着帕奇。

“帕奇，这与我有关。但与你无关，你要是想走，你走就好了。可是艾登的事**永永远远**都与我有关。”

你，**我**，**一起**，**永远**。

离开。**回转**。

帕奇似乎在思考。她看着窗外一闪而过的黑暗，不停地跳脚。她看看布洛迪，然后看看别的地方，又回头看着布洛迪。

帕奇想做什么？她似乎真的想留下，又似乎真的想离开。

帕奇做了什么？帕奇留了下来。尽管她的眼神里带着疑虑，尽管她斑驳的毛发周围只环绕着三个少得可怜的光点，她还是留在了车内，留在了布洛迪的身边。

外面，雪下得更大了。洁白的鹅毛大雪在暗夜里飘飞，落在脏兮兮的挡风玻璃上，旋即融化。怪物打开了挡风玻璃的雨刷。雨刷刷来刷去，刷来刷去，把融化的雪花变成了一道道脏兮兮的水痕。

帕奇在车里一边踱步，一边看着外面的夜色和飘落的雪花，还有过往的车辆。

他们又转过一个弯。怪物爆了一句粗口。

然后他说："希尔戴尔山庄？敢情。"

布洛迪伸着头，朝前面的车窗望去。他们驶上了一座三车道的大桥。桥的那头，万家灯火在纷飞的雪花里闪烁。一辆汽车从他们身边经过，飞速驶离大桥。

"希尔戴尔山庄是什么东西？"布洛迪问道。

此时此刻，帕奇更加不安了。她不停地绕着圈子。

"那是一个街区，就在河对面，就在那座俯瞰小城的山上。那儿全是豪宅，你的男孩一定在那儿。"她朝前看了看那辆经过的汽车，又回头看了看身后的路面。

突然，她停止了踱步。

"我们必须下车了，"她说，"马上。"

"什么？为什么啊？我们会跟丢他的！"

"不会，我们会找到他——除了希尔戴尔山庄，桥那头没别的东西。可是我们必须下车了，就在这儿，就在桥上。"帕奇蹲在座位上，准备起跳，她回头看了看布洛迪，“快点！”

“帕奇，为什么？”

“没时间解释了。相信我。我让你走过错路吗？快点吧！”

说完，帕奇纵身一跳，尾巴从车门那儿消失了。

汽车轰鸣着，向前驶去。

布洛迪看了看车门，又看了看怪物。怪物依旧开着车，安静得可怕。

布洛迪想留在怪物身边，想跟着怪物直接去找他的男孩。

可是布洛迪做了什么？布洛迪有一颗美好的心灵。真的，他有一颗美好的心灵。美好的心灵都乐意信任。他们乐意信任。

即使他们不该信任。

布洛迪跑了两步，跳下了车。

他跑着落地，保持着平衡。

怪物的车喷着废气，滴着油污，轰鸣着远去。布洛迪看着怪物消失在夜色里，冲着他的男孩所在的方向。

帕奇远远地站在后面，站在大桥护栏上的一盏路灯下。她没有看布洛迪。前一刻还在飘飞的鹅毛大雪停了，只有乌云密布的天空下星光全无的黑暗，只有路灯散发出来的黄色光芒，只有汽车驶过大桥嘎吱嘎吱碾轧的声音。

布洛迪一路小跑，跑到了帕奇的身边。帕奇仍然没有看他。

“怎么啦？”布洛迪询问。

“你相信我的话。”帕奇说，语气空洞，空虚。

“对啊，”布洛迪回答，“我们打算——”

“你这个白痴。”帕奇打断了他。不过这一次，她的语气没有了一丝一毫的尖酸刻薄。

布洛迪听到身后一声低吼。

他急忙转身。

桥上新近的落雪里，站着两只地狱狗：善扑和大头。他们黑咕隆咚的眼睛一眨不眨，格外凶残。简直和怪物的眼睛一模一样。

“哇，”布洛迪说着，后退了一步，“帕奇，快跑！”

“嗨，她才不用跑呢。”一个熟悉的声音说。

布洛迪又一次急忙转身。

是大黑，还有烟鬼。他们就在帕奇的身后，慢悠悠地跑着逼近。他们跑过来，分别站在了帕奇的两侧。帕奇甚至没有畏缩，帕奇仍然没有看布洛迪。

“她就在她想待的地方呢。”大黑说。他灰色的舌头耷拉在闪着寒光的牙齿中间，肩膀上鼓起一坨坨的幽灵肌肉，眼睛里充满了邪恶、贪婪和得意。“而你，大热门狗，也在**我们**想让你待的地方。”

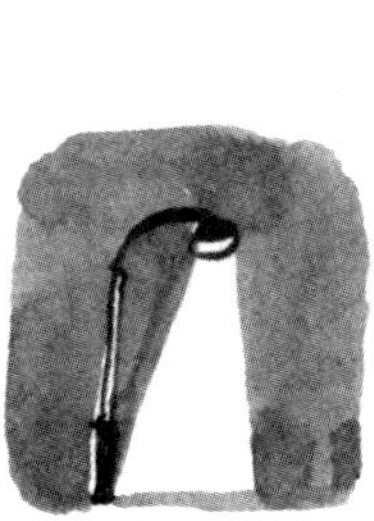

21

“发生了什么事？”布洛迪问道。

布洛迪会怎么想？布洛迪有种不祥的预感，他完全知道发生了什么。

“发生了什么事？倔小子，你要输掉灵魂了呗。”大黑一边说，一边慢悠悠地朝前移动，“这次你可跑不了啦。多亏有帕奇。”

大黑步步逼近，布洛迪连连后退。他退到了大桥中间，腹背受敌。他知道，自己已经无路可走。

“帕奇？”布洛迪难以置信地看着母猫。

帕奇终于迎上了布洛迪的目光，不过只有一会儿。接着她又闪开了眼神。

“我的光格几乎耗尽了，笨蛋。你觉得我还能怎样？又要黑掉吗？”帕奇想说狠话，她真的想。她想把话说得怒气冲冲，想让嗓音显得粗暴残忍。她真的想。

但是，帕奇表现得怎样？她没有成功。虽然有一层淡淡的愤怒伪装，虽然有佯装的粗暴，她的声音却听起来痛苦而忧伤。

布洛迪又往后退了一步。他拼命地环顾四周，想找一条逃生的路径。可是他知道，自己已经无路可逃。

“又要黑掉？你说什么呢？帕奇，你还有光格。你还有时间！”

“你以为那是她的光格吗？”大黑奚落道，“才不是呢。她**抢**人家的，就像我们抢你的一样。她帮我们困住了一只小灰猫，然后抢了人家的灵魂。可爱的小东西，可惜已经黑掉了。我最后一次看见小灰猫，她正在闹市的巷子里撕扯老鼠的光格呢。多亏有帕奇。”

“我又没让她黑掉，”帕奇一边愤怒地嚷着，一边旋动着尾巴，“我只是拿了……够用而已。我离开的时候，她的光点还多着呢。”

“哦，对。你得到了自己的那份，然后就离开了。始作俑者却不想看着我们做个了断，对吧？感谢你钓鱼上钩。就像这一次一样。”

布洛迪突然转身，冲向一侧，试图绕过身后的地狱狗突围。可是地狱狗们早有防备；他们龇牙咧嘴，切断了布洛迪的退路。布洛迪只得退到桥边，背对着防护栏。

地狱狗们收紧了包围圈。

帕奇一直站在原地，站在那盏路灯下。

“你们怎么能跟踪到我呢？”布洛迪拖延着时间，“塔克抢回了我所有的光格。”

“我们不需要跟踪**你**，”大黑说，“我们跟踪了那只母猫。”

布洛迪脑海里闪过一个念头：巷子决战之前的那次跳车。

“原来你们一起在车里的时候，你们抢走了她的光格。”

“抢走？也不是啦。她**送给**我们的，老弟，所以我们才能跟踪到你啊。是不是蒙了？兄弟，她不是你的战友，她是我们的盟友。我们干掉幽灵，她得到她的那份光格。大家共赢，当然你除外。”

布洛迪不停地左顾右盼，又是旋转又是跳动，眼睛一直盯着追杀自己的对手。

“我不会不战而降的。”他警告说。

大黑笑了，流着口水，露出一嘴白牙。

“我正巴不得呢。这样才好玩。不过，你跑不了。我们呢，你知道的，也**死**不了。所以说啊，结局已定。”

好吧，大黑的语气不容置疑。在那座昏暗的桥上，他的话显得格外真切。不过，结局本来就是很荒唐的东西。不到最后，谁都不知道它的样子。就像事情的开头，真的。

布洛迪会怎么做呢？他是情绪集结的风暴。地狱狗密不透风的包抄让他惊慌；地狱狗的步步紧逼……灵魂被攫取的可怕感觉让他恐惧；帕奇的背信弃义让他悲愤交加。

就在这时，就在他被恶狗们团团围住的时候，情况却有了变化。

又下雪了。新下的雪冰冷而细腻，像星辰从天空滑落，像被谁，也许是一位天使，从山顶上吹落。雪花在他们周围飘飘洒洒，轻柔而静谧，像羽毛的灰烬，只是更加纯净。

奇怪的是，静悄悄的落雪平息了布洛迪心中的风暴。谁也不知道为了什么，可是的确如此。

布洛迪抬起鼻子，看着雪花在路灯下飞舞。

他没有摇尾巴。因为他并不觉得快乐，只是感到……踏实。

他回头，看着大黑那双贪婪的黑咕隆咚的眼睛。

“你们可以拿走我的灵魂。”他说。

大黑垂下了耳朵，放慢了摇动的尾巴。

“你说什么？”

“你们可以拿走我的灵魂，”布洛迪又说了一遍，“全部拿走。”

慢慢合围的地狱狗们停下了脚步。

地狱狗们包抄的时候，帕奇一直看着别的地方。可是一听到这句话，她猛地把目光转向了布洛迪。

“你要什么花招啊？”大黑咆哮道。

“没什么花招。你们可以得到我的灵魂，只不过你们必须放我走。”

“你说什么？”

“放我走吧，让我去找我的男孩。你们可以跟着我。求求你们，让我完成此行的心愿，然后我会奉上我全部的光格。我保证。”

一阵漫长而紧张的沉默。只有雪花飘舞，黑黢黢的眼睛闪烁。

大黑又一次缓慢而阴险地摇起了尾巴。

接着，他发话了。

“那只母猫说的没错，你**就是**一个白痴。放你走？才不呢。傻狗，你是我们的啦。至于你的男孩，就让他自生自灭吧。”大黑又朝前迈了一步。他黑黢黢的眼睛呆滞无神，深不见底；他的一嘴牙齿随时准备开咬；他压着嗓子，声音嘶哑得介乎耳语与低吼之间。“你说你还能怎样？你活着的时候帮不了他，现在肯定也帮不了他。你得独自面对命运，你的男孩也一样。”

这番话像尖刀，不断地刺向布洛迪的心脏，让布洛迪的灵魂直打寒战。

但是，这番话这种刺痛这种寒战没有削弱他的信念，反而让他更加踏实。

布洛迪的心吗？它永远不会从自己坚守的阵地脱逃，而艾登，就是它坚守的唯一阵地。

艾登，他的男孩。那个咧着嘴开怀大笑的男孩，那个睡觉时偷偷流泪的男孩，那个给他熊抱为他抛球帮他摩挲耳后的男孩，那个鼻梁断了眼睛青了心里却只念着一样东西——他和他的狗狗的合影——的男孩。

谁也不许伤害我的男孩。这句话，这个念头，这种矢志不渝，像铁水一样流过他的全身。他肌肉紧绷，眼睛眯细，牙齿闪光，爪子弯曲。为了自己的男孩，他全身都做好了绝地反击的准备。

那是一种什么样的感觉？那种下定决心，孤注一掷守护自己的男孩的感觉？它并不新鲜，而是格外熟悉。布洛迪低下头，闭上了眼睛。就在那儿，就在那座昏暗的大桥上，就在他被恶狗们围困的那一刻，那段记忆，那段完整的可怕记忆，浮现在他的眼前。

泥巴。恐惧。愤怒。

粗话，砸过来的啤酒罐。

勇敢而漂亮的艾登，勇敢地面对怪物，勇敢地保护布洛迪。

然后是一记重拳，艾登倒在了地上。布洛迪吓得瑟瑟发抖。怪物赫然耸立，脚步蹒跚。他抬起一只胳膊，大手攥成了凶恶的拳头。

然后就是那种豪情。布洛迪刚刚有过的藐视大黑的那种豪情。

谁也不许伤害我的男孩。

接着，布洛迪开始奔跑。

不是离开艾登。不是。

而是扑向怪物。他亮着牙齿，英勇无畏。

怪物的拳头还没落下，他的牙齿就扎进了怪物的腿部。

怪物吼叫着，跌跌撞撞地后退。

布洛迪垂下耳朵，龇牙咧嘴地朝前猛扑。

怪物低下脑袋，看着自己被咬烂的牛仔裤。他邪性地看了那么一会儿，冒火的双眼移到了布洛迪身上。他面红耳赤，怒吼一声，突然扑了过来。

没错，怪物发起了进攻。布洛迪把男孩挡在身后，迎了上去。

艾登拼命地尖叫："布洛迪！布洛迪！"

然后是一片模糊。怪物在叫嚷，男孩在哭喊，布洛迪在呜咽在哀嚎在狂吠。接着是奋力撕咬，拳打脚踢。

可是艾登不肯离开布洛迪，布洛迪也不肯离开艾登。

就在这时，布洛迪被甩了出去。他旋转着尖叫着，撞到了墙上。

艾登拼命地尖叫。

他躺在那儿，听着自己的男孩哭叫。他爬不起来，帮不了他，救不了他。这时，怪物站在了他身边。只见他喘着粗气，高高地抬起了一只穿着靴子的大脚。

艾登发出最后一声喊叫。

“不要！求求您啦！”

靴子重重地踩了下来。

记忆结束。

他没有逃走。他没有抛弃自己的男孩。他为他抗争过，当然抗争过。他为他抗争，为他而死。

此刻布洛迪会怎么做？他会为艾登再那样做一次，再做千千万万次，永永远远。

布洛迪抬起了头。

他想起了塔克。勇敢的塔克，战斗的塔克，拼死的塔克，从不动摇的塔克。

他想起了艾登。他想起了男孩怎么为他抗争，怎么陪伴在他的身边，怎么要他的照片留作纪念。他的男孩。

然后，布洛迪说了那句话。他说得云淡风轻，一半说给自己，更多的是说给艾登——无论他在什么地方。

“你，”他说，“我，一起，永远。”

大黑听到了这句话，却不明白话的意思。不过，即使是大黑的黑暗之心还有空间思考，也没有时间琢磨了。因为布洛迪说完最后一个词，说完那个耳语般的**永远**，便投入了战斗。

布洛迪没有扑向最近的地狱狗，也没有扑向最小的地狱狗。

没有。

因为布洛迪心里装满了信心，装满了愤怒，装满了塔克。

他心里装满了艾登。

布洛迪做了什么？他咬牙切齿，扑向了胃口大开的大黑。

对于布洛迪的进攻，大黑并不意外。大黑有过这样的经历。他知道，到最后，被逼进死角的猎物几乎都会以命相拼。情形就是这样。相信我，即使到了最后，几乎也没有谁愿意去死。

然而……“不意外”和“准备好”是两码事。

布洛迪借助幽灵身体所能给予的最大速度，一跃而起，扑向那个阴险的野兽。他的灵魂熠熠发光。

大黑连连后退。他扭着脑袋，用嘴巴撕咬，用爪子猛击。

可是，布洛迪的牙齿触到了毛发，咬了下去。

布洛迪甩动脖子，撕扯着怪物。

大黑咆哮，嘶吼。最后，大黑哀嚎。

布洛迪感到，别的地狱狗在朝他逼近。他感到他们的牙齿扎进了他的后背，他的屁股，他的肩膀，他的脖子，可是他没有松口。这时他感觉到了那种虚无。那是大黑的虚无，大黑的空洞；那是一个没有灵魂生物的黑色茫然。大黑已经没有什么让他可抢，大黑已经没有什么可以失去。布洛迪只能让大黑痛苦。

布洛迪想做什么？他不想让大黑痛苦。

于是，布洛迪松口了。他完成最后一次撕咬，甩开了大黑。他凶狠他狂暴他自若地旋转身体，摆脱了地狱狗们的纠缠。然后，他又一次站在了包围圈的中央。

大黑被甩了出去，差点跌倒。他连忙爬起，在包围圈上归位。他低垂着脑袋，却并没有认输，而是像一条蛇蛰伏着，随时准备发动攻击。

“小奶狗，”他说，“你居然玩阴的啊。”

大黑那双没有眼白的眼睛里，没有光亮，没有灵魂，却不空洞。他的眼里燃烧着仇视的怒火，还有无尽的贪欲。

布洛迪看着其他地狱狗的眼睛，却没有发现自己希望看到的东西。他们领教了他的愤怒，却没有表现出任何警惕；他们见证了他的拼命，却没有流露出任何担心。

他们的眼睛，像大黑的一样，变得更加欲火熊熊，更加贪婪。

布洛迪向他们展示了自己的勇气，自己的希望，自己的心灵。布洛迪向他们展示了自己的**生命力**。

这让他们毫无生气的嘴巴直流口水。

他们已经急不可待。

“准备好了吗，帕奇？”大黑问道，“交易就是交易，你先尝鲜。我们摁住他，你拿走你那份。”

没有回应。

大黑回头，看着蹲在路灯下的帕奇。只见她仰着头，目光穿过飘落的雪花，凝视着茫茫夜色。

“不啦，”帕奇过了一会儿才回答，“我不想要那只狗的灵魂了。”她站起来，久久地看了布洛迪最后一眼。“对我来说，它太明亮了。”说完她转身，沿着他们来时的路线，走进了纷飞的大雪。

“随你的便吧，”大黑摇着尾巴说，“这下我们还能多分点光格呢。”

大黑把头转向布洛迪。他咧嘴一笑，地狱狗们随即一拥而上。

大黑冲了过来，布洛迪飞身迎上前去……可是，他们还没来得及短兵相接，布洛迪就感到，两嘴牙齿袭击了他身体的两侧。一嘴牙齿咬住了他的肩膀，一嘴牙齿较低，扎进了他的腹部。牙齿扎得很深，咬得很痛。布洛迪扭着身子，冲着他的对手吼叫着、撕咬着。

就在这时，大黑击中了他。布洛迪感受到了冲撞，看到了大黑模糊的黄色身影，感觉到自己被撞向沥青路面。要是他还活着，要是他还有呼吸的肺脏，他一定会被撞得断气。

大黑居高临下地站在那儿。他用爪子摁住布洛迪的胸口，嘴巴急咧咧恶狠狠地朝布洛迪的脖子咬去。布洛迪感到惊慌，只能快速地转动脑袋，阻挡着大黑的撕咬。别的地狱狗也扑了上来，撕扯着狂咬着他的身体。他感到牙齿扎进了肉里，感到它们开始咬合，感到它们在咀嚼它们在猛戳。

接着……一阵撕扯。疼痛加剧，疼痛难忍。他的灵魂遭到抢夺。一个，接着是两个，然后是三个，四个，五个，六个。六个灵魂光点被生生掠走。布洛迪感受到了每一个光点的离开，感受到了希望随着六个光点的消逝，感受到了绝望渗入心中，取代了希望的位置。即使是他在扑打在躲闪在阻挡大黑凶狠的撕咬，布洛迪还是痛不堪忍，冲着夜色发出了尖锐的悲鸣。

一切即将这样完结。布洛迪即将失去他的灵魂，他的生机，他的男孩。

如果他不能挣脱，一切都将失去。如果大黑咬断他的喉咙，一切都将失去。

布洛迪集中精神，竭尽全力，准备做最后一搏。

他没有高高跃起，没有扑向大黑，也没有奋力向前，好把地狱狗甩脱。

布洛迪使出浑身的力气，开始**翻滚**。他在雪地上疯狂地翻着，动作又快又急又狠。

大黑的爪子从他的胸口滑落。一个，两个，然后是三个撕咬的嘴巴松开了。布洛迪的周围依然有咆哮声，依然有爪子和挣扎的身体，可是当他感到最后一个嘴巴脱落，他连忙爬了起来。他飞快地旋转着，又是撕咬又是咆哮。

布洛迪被团团围住，可是他的爪子不停地移动，又是旋转又是跳跃又是躲闪，避开每一个凑过来的贪婪嘴巴。他觉察到有嘴巴靠近尾巴，便飞速旋转，尽量挣脱；他觉察到有更多的牙齿触碰肩膀，便咆哮着去撕咬，设法摆脱。他一直晃动，一直撕打，一直把心吊到嗓子眼里，一直亮着牙齿，随时准备开咬。

为了追寻自己的男孩，他在桥上一步一步地苦苦挣扎。他被那些恶狗包围，没地方可去，没机会可逃。可是布洛迪却凭着一颗勇敢的心，为了追寻自己的男孩继续搏杀。

布洛迪为什么会这样？因为在那座昏暗的雪花纷飞的大桥上，他做了一个决定：如果他要失去灵魂，他也只会以拼死一搏的方式。

没希望了，真的没希望了。真的。布洛迪，那只好狗，压根没有机会。

即使是在厮杀，即使是为了接近男孩哪怕一步，他一直在撕咬在肉搏在流血，布洛迪还是落了下风。一只地狱狗会偷袭得手：他会趁着布洛迪挣脱不及，恶狠狠地下口，抢走他的一点光格。布洛迪在桥上挣扎着搏斗着，渐渐地失去自己的灵魂光点。一个被大黑抢走，然后一个被烟鬼夺去，两个被善扑得手，另外一个又被大黑抢走。

布洛迪变得越来越暗越来越暗。

可是，那只狗没有屈服。一直到最后，一直到最后那一刻，他都没有屈服。

最后，他发现自己被逼到桥边，背对着混凝土护栏。

地狱狗们站成一个半圆，围着布洛迪。

他们的眼睛依然黑咕隆咚，可是每只狗的周围都环绕着布洛迪的灵魂，布洛迪的光格。

他们霸占的光格比布洛迪剩余的还要多。

可是光格的多少又有什么关系？光格不同于心灵。地狱狗们拥有更多的光芒，可是布洛迪，即使到了最后，依然拥有更多珍贵的东西。

雪还在下，雪花还在他们周围飘落。

一辆汽车驶过。在汽车前灯的照射下，飞舞的雪花显得更加鲜亮更加洁白。汽车的收音机里放着音乐，乐曲穿过雪水浸湿的车窗，清晰可闻。那是一首小提琴曲，轻柔，哀伤。一个女声在唱歌。我敢说，司机经过大桥，却对桥上发生的混战浑然不知。只有逝者才能看见这场混战，只有天使才能看见这场混战。

“时辰到了。”大黑说。他的语气冷酷，急切，却没有了先前那种摇头摆尾式的兴奋。永远夺走人家的灵魂，即便是对最邪恶的物种而言，毕竟也是见不得光的勾当。

布洛迪看着他的眼睛。

“我还能不能帮我的男孩？我的意思是，以后？等我……像你们一样？”

“不能，”大黑一边说，一边逼近，“不过不要紧，反正你以前也不能。”

又一辆汽车经过，不过没有播放音乐。

布洛迪用眼角的余光看着自己的光格。

六个，他只剩下六个光格。他知道他会失去它们。

布洛迪有什么感觉？他不在乎，反正没怎么放在心上。

“我的男孩。”布洛迪说。他说得轻声细语，云淡风轻。

“你的男孩，”大黑回应道，“我敢说，他早就把你忘了。他们一向如此。现在你该把他忘掉才对，这样会好受一点。”

布洛迪挺直肩膀，目光转向了地狱狗。

“决不。”他说。

“一向如此呢。”大黑回答。

大黑说的在理吗？不，他错了。那些美好至极的心灵，那些勇敢至极的灵魂，那些深情至极的挚爱，他们怎么样呢？相信我，他们从来不会被忘记，他们一直会被铭记。

地狱狗们在步步逼近。

“只剩下几个光点了，”大黑对他的同伙咆哮道，“最后一个归我。”

他们身后，又有一辆汽车驶上了大桥。

布洛迪亮出了牙齿。他知道自己会输，可是他只会输掉打斗。

地狱狗们一跃而起，黑压压的身体朝布洛迪扑来。就在这时，布洛迪看见了一样东西。就在那群扑向自己的恶狗身后，依稀出现了一束微光。一个黑影从经过的汽车上飞奔而出。只见它从空中掠过，朝着自己飞来。

地狱狗们扑到了他的身上。布洛迪迎战了：他一通狂抽乱打，抵挡着他们的进攻。

混战刚刚开始几秒，布洛迪就觉得，自己恐怕是死定了。毕竟他们势众，而自己又被困得无法动弹。

然而——

然而就在这时，就在一片疯狂和混乱中，布洛迪听到了一个声音，一个不属于一只好狗和四只坏狗之间殊死决战的声音。

那是一声吼叫，一声尖叫，一声嘶叫，一声咆哮。

那是一只猫的宣战之声。

23

母猫突然冒了出来。她从一辆经过的汽车上飞奔而出。

可是在大黑和地狱狗们的眼里，她似乎从天而降。

相信我，她没有。

可是她出现了，张牙舞爪，毛发直竖，火冒三丈。

就在大头冲着布洛迪的侧腹痛下狠嘴的时候，帕奇扑到了他的背上。她的利爪抓得很牢，她的牙齿扎得很深，她找到了自己想要的东西。

大头放开了布洛迪。他抬头望着天空，发出一声痛苦的哀嚎。他刚刚抢占的一个灵魂光点飘向了帕奇。母猫再接再厉，从大头的背上一跃而起，又扑上了善扑的后背。

眼看善扑只有几寸之隔，就要咬到布洛迪的喉咙了。就在这时，母猫咬住了善扑的喉咙。他呜咽他哀嚎他拼命地后退，可是为时已晚。一个光点离开了善扑，飘向了母猫。

大黑咆哮着，恶狠狠地猛扑过来。无奈母猫动作太快太灵活，大黑的牙齿只咬到了空气和雪花，母猫的利爪却抓破了他的鼻子和眼睛。接着一张嘴——细小却充满利齿——咬住了他的肩膀。那张嘴啃噬着，生生地扯走了一个光点。

地狱狗们退却了，留下布洛迪背对着大桥的混凝土护栏。

这一次的情形怎样？这一次布洛迪不是孤军奋战。

“改变主意了，帕奇？”大黑咆哮道。

“是啊。”帕奇回答。只见她低着头，朝后竖着耳朵。她站在布洛迪身边，眼睛盯着地狱狗，不住地在身后甩着尾巴。

“这么说，你是回来索要你那份光格咯？你想得到你的那份光格，对吧？最后那份可是归我呢。当然了，在我得到自己那份以前，你有权先从剩余的光格里分一杯羹。”大黑说得格外殷勤，语气却并不友好。他的眼睛一眨不眨；他身上的一坨坨肌肉紧绷，蓄势待发。他可真是老谋深算。

“不是的，恶狗。我说我**真的**改变主意了。只要我在，无论谁先谁后……你们谁也别想再抢走这只狗的光格。”

“啊哈。那么我觉得，我们只好先让你不在咯。”

帕奇没有回答。她只是嗞嗞地叫着，啐了一口。

布洛迪低头看着帕奇。她那身斑驳的皮毛，即使在她死后，还是那么稀疏散乱。她肋骨暴突，一只耳朵没了，只留下一个疤痕。他确信，帕奇活得很艰难，死后更辛苦。

他想朝她发火，甚至发怒。她背弃了他。她把他引到桥上，害得他落进地狱狗的包围圈，害得他远离自己的男孩。

可是布洛迪有一颗什么样的心？它只要看到英雄，就会惺惺相惜。即使帕奇从前没有什么英雄壮举，此时此刻她出现在桥上，她就是一个英雄。你以前不必是英雄，但是只要你需要，照样也能成为英雄。相信我，只要我们想做英雄，任何时候我们都能成为英雄。

为什么帕奇成了英雄？因为英雄不是某种人设，而是一种选择。帕奇做出了选择。

“帕奇，我觉得这次我们死定了。”布洛迪低声告诉自己勇猛的伙伴。

“你觉得我死定了？”她驳了回去。她怯生生地看了他一眼，又赶紧把目光移到了加害者的身上。“话说，你可以嗥叫啊，你这个白痴。”

“不，”布洛迪一边说，一边想着艾登，“决不。”

“哦，我猜就是这样。”

烟鬼和善扑朝两边散开，把包围圈封死，收紧。地狱狗们蹲伏着，随时准备冲杀。战斗一触即发。

帕奇走过来，与布洛迪并肩站在一起。

“雪天真美。”布洛迪轻声说道。此时此刻，雪花变得超大。硕大的雪花密密麻麻地飘落，几乎盖过了黑暗。几乎挡住了黑暗。“我和艾登一向喜欢下雪。如果此事注定要发生，我很高兴它发生在下雪天。”

“我讨厌下雪。”帕奇回答。接着，她嘶吼着跳跃着，爪子朝大黑那张气急败坏的脸劈了过去。

帕奇比狗的块头小，比狗的力气弱。她的牙齿没有那么大，她的下颌也没有那么强壮。

可是帕奇表现得怎么样？帕奇的战斗力抵得上三只狗。

布洛迪忙着打斗，根本无暇观看，可是他听到了。他听到了帕奇疯狂的撕咬，也听到了地狱狗们的动静。他听到他们呜咽他们嗥叫他们拼了命地东奔西突，想把帕奇甩掉。

帕奇至少让两只狗忙得不可开交。她打斗起来像一头狮子，像一个魔鬼。她到底有多么拼命？她就像被放逐到黑暗王国的一个灵魂，为了回归光明，正在拼死杀出一条血路。她就是这么拼命。

她抢了几个光格，也丢了几个光格。

布洛迪又有什么样的表现呢？他也在拼命。现在他有了一个共同作战的战友，有了一个**为之作战**的朋友，所以他比以前更加拼命。他们作战，他们凶猛地作战，他们英勇地作战，他们肩并肩地作战。

他们还是输了。

渐渐地，寡不敌众的颓势开始显现。他们夺回几个光格，却失去了更多；他们得手的机会少了，却感觉到撕咬他们灵魂的牙齿越来越多，撕咬的时间越来越长。

混战趋于白热化。一群狗在桥上打着运动战，连滚带爬地朝着桥头靠拢。不过，他们并没有到达桥头。

这时，混战中断，打斗暂停。

布洛迪和帕奇背靠背站在那儿，面对着被围剿的命运。地狱狗们舔着牙齿，摇着尾巴，绕着他们走来走去。此时此刻，每只恶狗身边都有抢来的灵魂闪烁。那是布洛迪散落在他们之间的灵魂。

附近的什么地方，一列火车鸣响了汽笛。笛声被落雪侵扰，有几分沉闷。

大桥开始震颤。火车正从他们下面经过，正从桥下经过。

布洛迪能感觉到，自己还剩下多少灵魂。他只剩下四个光点。四个。

他看了看帕奇。帕奇仅仅剩下一个光点。

“嗥叫吧。”帕奇说。

“决不。”布洛迪回答。

“白痴，你会像我一样，永远迷失。你还是嗥叫吧。”

“帕奇，只要还有希望，我就决不嗥叫。”

“没有任何希望了，白痴。”

布洛迪当然知道，帕奇说的在理。可是，知道和相信毕竟是两码事。

他们的下面，火车又一次鸣响了汽笛。它在铁轨上隆隆驶过，哐当哐当的声音在夜空里回荡。

听到帕奇说出真相，布洛迪低垂的脑袋抬了起来。

“帕奇。”他说，声音尽量压得很低。

“怎么啦？”帕奇回答。她一边活动爪子，一边冲着大黑抬起了上唇。

“还记得我们第一次见面时，塔克在卡车上的窘境吗？”

“狗狗，现在可不是煽情的时候。”

“不是，”布洛迪说着，只是语气更加坚决，“你还记得吗？塔克在卡车上有多窘？你还记得你是怎么提醒他的吗？”

“当然记得。怎么啦？”

“**动动脑子啊**，帕奇。”

火车又一次鸣笛，就像在呼唤天使。此时此刻，汽笛声已经远去，可是他们脚下的大桥还在震颤。

布洛迪用眼角的余光看见帕奇猛地把脑袋转了过来。她懂了。

“我想我们要蹭个便车了。”他轻声说。

帕奇朝他靠拢，地狱狗们步步紧逼。

“我数三下就跳。”布洛迪说。

“没时间了，”帕奇咝咝叫着，“快跳！”

地狱狗们牙齿当先，扑了过来。

布洛迪和帕奇没有逃跑，没有迎战，也没有跳到纷飞的雪中。

他们消失了。**向下**。

地狱狗们冲过来了。

布洛迪和帕奇向下穿过大桥，不见了踪影。

留下地狱狗们咬牙切齿，面面相觑。

如果他们还活着，一定会感到很疼。

他们穿越混凝土桥面，听到一阵怪异的嗡嗡声。他们坠入桥下的黑夜，恰恰位于隆隆飞驰的火车上面，却又听到一阵巨大的轰鸣。这时，他们掉进了一节嘎吱作响的车厢。车厢没有顶盖，满满的一堆褐煤晃动着，暴露在夜空之下。

他们不偏不倚，掉进了最后一节车厢，身后便是空空荡荡的铁轨。好险。

布洛迪稳住脚跟，连忙爬起来，朝着他们逃离的大桥张望。

就在布洛迪观察的时候，一个黑影从桥底垂直落下。那是一个狗狗形状的黑影，周身环绕着几个微弱的灵魂光点。黑影粗暴地降落在昏暗空旷的铁轨上，然后一跃而起，开始追赶他们。那是善扑，那个铁了心的善扑。他不甘心地追了几步，眼看着火车在雪地里越跑越远，只好停了下来，死死地盯着他们的背影。

上面，大桥的防护栏那儿，出现了三只黑色的狗头。即使是隔着很远的距离，布洛迪还是认出了大黑的轮廓。他正朝着他们所在的方向张望。即使是隔着黑暗和雪野，布洛迪仍然感到了那只野兽的狂怒。

布洛迪又一次逃脱了。不过这一次，他付出了高昂的代价。

他看着飘浮在自己周围的光点。

一个，两个，三个，四个。

就这么多了，他的灵魂只剩下这么多了。

他感觉到了。他感觉到了灵魂的减少；他感觉到了冰冷，孤独，他几乎失去了知觉。他不怎么像一只狗，不怎么像一个英雄，反倒更像一个影子。

“一切都结束了，是吗？”他问得轻声细语，云淡风轻。

可是帕奇还是听到了。

“你说什么？结束了？”帕奇躺在他旁边的煤堆上，抬眼看着周围飘落的雪花。铁轨上，火车载着他们滚滚向前；帕奇的周围，那个残留的光点闪着微光。

“我说，一切都结束了。我和我的男孩。我想找到他，我想解救他，可是现在都结束了。”

“为什么要结束呢，笨蛋？”帕奇的声音干巴巴的，没有一点火药味。曾经的棱角、怒吼，都没了踪影。

布洛迪转身，面对着她。

“你看看我，帕奇。我的光格快没了，可我还不知道他在哪儿。大黑抢走了我的灵魂，他可以跟踪我，而我又走错了方向。一切都结束了。”

帕奇听着，突然又发怒了。只见她毛发直竖，两眼冒光，腾地站了起来。

“不行，白痴，你不能放弃。在我们经历了千辛万苦之后，在你让我认为——让我相信一切之后——你不能放弃——”帕奇咆哮着，一时想不起词来，只好亮出一口尖牙利齿，“一切都没有结束。看到山上那些房子了吗？”她一边问，一边扭头，朝着铁路边树木丛生的斜坡示意。“那儿就是希尔戴尔山庄。这条铁路正好围着山庄环绕而行。你跳下车，爬上山，去找那辆警车，或者去找那个混蛋开的那辆破车。反正这个街区又不大。”

“那么大黑呢？”

“大黑啊……打你从那边回来，他就对你穷追不舍了，可是这也没能拦住你的脚步。现在一切都乱套了。没错，他抢走了你的光格……可是他从你这儿抢走的，又是你从别的恶狗那儿抢来的，而他还抢了我的光格……这样一来，不仅你那点宝贝光格摊薄了，而且所有的光格都混在了一起。也许他最后能感应到你，可是你争取到了时间。尤其是在我们分开以后。他也许勉强能感应到我们在这儿，可是只要我们分开，他就只能跟踪一条路线。这样你就争取了时间，狗狗。再说了，你还有光格。我敢打包票，时间和光格足够你找到你的男孩了。”

布洛迪听得几乎摇头摆尾。

“真的？你觉得我能行？”

“能行。不过，你最好马上行动。时间可不等你呢。”

“可是……可是你呢，帕奇？”

“我吗？我会好好的。我一向都好好的，笨蛋。”

布洛迪看着母猫。那只快言快语，骨头死硬，灵魂肮脏，神经兮兮的母猫；那只有着一颗咆哮的心脏，仅剩一个灵魂光点环绕的母猫；那只背弃他，把他出卖给对手，却又回来救助他的母猫；那只独闯江湖，一直冲着周遭阴暗的世界怒吼的母猫。

“帕奇，你为什么要帮我们？你为什么一直在帮我们？”

帕奇的眼睛看着车外一闪而过的黑暗。她不敢直视布洛迪的眼睛，不敢面对布洛迪越来越少的灵魂。她说出了真相。

“我不是在帮**你**，白痴。我是在帮**我自己**。我看到你有那么多的光格，就**动**了心思。你不知道饥饿的滋味。我知道，要是他们逮住了你，我就什么也捞不着了。所以我盘算着，要是我假装与你们合作，然后离间你们，说不定还有机会抢走你的光格。谁料在车上大黑把我逼上了绝路，我只好和他做了一笔交易。就是这样。我们，我和大黑，以前合作过，所以都知道套路。我送货上门，然后分得一杯羹。”

“那么……自始至终，一切都是冲着光格来的？”

“一直都是冲着光格来的，”帕奇回答，“直到我改了主意。”

他们默默地坐了一阵。车厢在他们身下震颤着，嘎吱嘎吱响。

这时，帕奇又说话了。她的声音很小，小得布洛迪几乎听不清。

“我真该把光格用在那个小子身上。”她说。

“哪个小子？”

“学校餐厅里的那个混蛋呗，就是那个朝我的女孩丢垃圾的混蛋。我真该动用我的光格，把爪子戳进他的腿里，让他流血。如果你不动用灵魂，它又有什么用呢？”

“我还以为我们触碰不到活物呢。”

“是的，我们触碰不到，可是我还是想这么大干一场。”

“是啊，”布洛迪回应道，“你是应该动用你的光格，不过不是用在那个小子身上，而是用在你的女孩身上。你应该动用你的光格，最后一次去蹭她的腿。你应该动用你的光格，让她知道她并不孤单。这才是灵魂的用处。”

帕奇冲他眨了眨眼，然后移开了目光。

“你懂什么啊？”

布洛迪懂吗？他懂得很多，他真的懂得很多。他懂得世上所有重要的东西。

“帕奇，你为什么不呼唤他们呢？”

“呼唤谁啊？”

“你知道的，天使啊。”

“天使？把塔克带走的那个家伙吗？不，他不是天使。根本就没有天使之类的东西。他只是一个人，一个**人类**。他死了，困在了这儿，像我们一样。他们救助我们——或者他们认为是在救助我们——好指望着这样能够帮助自己舍离。他们不过是迷失的灵魂罢了。”

帕奇是一只什么样的猫呢？从很多方面来说，帕奇就是一个阴暗的扭曲的灵魂。她四处流浪，脾气暴烈，毫无理性。可是有的时候，她却清清楚楚地知道，自己在说些什么。相信我。

布洛迪是一只什么样的狗呢？布洛迪有一颗真诚的心，是一个忠实的朋友。他不会放弃朋友。

“好吧，管他们是谁呢。你也可以像我们一样呼唤他们，对吧？你为什么不呼唤呢？帕奇……你在这儿偷人家的光格，躲着大黑他们，这么混日子也不是个事啊……帕奇，这不叫生活。我不知道你为了谁回来，不过你应该舍离。”

帕奇走到了布洛迪面前。她龇牙咧嘴，恼怒地甩着尾巴。

“生活？生活？布洛迪，你知道什么是生活？你有自己的男孩，有暖和的房子，说不定每天还有满满的一碗食物。可是我奔波我饿肚子我冷得发抖我东躲西藏，我都要自己扛着。我不为谁回来，白痴。我为**自己**回来。

“你知道人类怎么说吗？他们说猫有九条命。九条命？可是我**一条命**都没有，布洛迪。我哪儿都不去。我都没有真正地活过，才不会就这么承认自己死了呢。我不属于这个世界，也不属于**那个世界**。我一无所有，我一无所得，我一无是处。用我自己的话说，我就这样保持着我的存在感。”

布洛迪看着帕奇。他看着她眼中的怒火。在她身上他看到了以前从未看到的东西。那是一颗心。也许那是一颗破碎的心，然而那是一颗心，甚至是一颗有活力的心。哪里有一颗充满活力的心，哪里就有希望。相信我。

布洛迪回话了。他没有发火，没有龇牙，也没有咆哮。他只是走上前去，睁大眼睛，凝视着她的双眼。

“我不了解你的生活，帕奇。我只知道你对我意味着什么。你并非一无是处，你和我、塔克在一起，你**至关重要**。我们三个都至关重要。我们一起跳车，甩掉地狱狗，寻找我的男孩。你有朋友，帕奇；你也是我们的朋友。虽然你不完美，可是你**是**我们的朋友。这件事并非不值一提。你想做什么都行，但是我要告诉你：无论我在哪儿完结，无论这个地方在哪儿，我都希望你在。因为我的归属就是你的归属。”布洛迪看着帕奇绿色的眼睛；他看见，帕奇的眼里充满了愤怒，可又不完全是愤怒。她的眼里还有别的东西，还有别的物件。布洛迪低下了脑袋，就这样他们四目相对，惺惺相惜。“你并非一无是处，帕奇。对我来说，你绝非一无是处。”

帕奇转身，看着车外一晃而过的树木，看着车外的暗夜和飘雪。

“你就是一个白痴。”她说。

“嗯，也许吧。”

“你走吧，”帕奇一边说，一边抬起下巴，朝着树林那边灯火闪烁的人家示意，“趁着还有光格，去找你的男孩吧。”

“好吧，是时候了。不过帕奇，最后一件事。你还不打算舍离，对吧？”

帕奇没有看他。

“我想过了，”布洛迪继续说着，“我希望你能舍离。不过要是你困在了这儿……我想要你拿走我的一点光格。”

帕奇猛地扭头，注视着布洛迪的眼睛。

“你说什么呢？邋遢鬼，你没有光格可送了。”

“我有，我有四个光点呢。帕奇，你拿走一个好了。求你了。”帕奇又一次移开了目光，可是布洛迪还在坚持，“来吧。一只幽灵猫不会给脖子带来多大的伤痛；我并不觉得这个世界会把你当作地狱猫看待。来吧。”帕奇朝后竖着耳朵，尾巴抽打着空气。她看了看环绕着布洛迪闪耀的光点，又移开了目光。“帕奇，你就要消耗殆尽了。只怕你跳下这列火车，就会耗完你剩下的灵魂。你拿走吧。你不拿，我就不离开。”

帕奇眨了眨眼，旋动着尾巴。

“我就不离开，”布洛迪又说了一遍，“你拿走吧，这样我才好离开。快点，**求你了**。”

帕奇发出一声咆哮。她转身，又停了下来。她两眼发光，靠近了布洛迪。然后她侧身，把嘴巴贴在了布洛迪的脖子上。布洛迪感到她张开了嘴巴，牙齿戳向了自己的脖子。

“你确定要这样吗，笨蛋？”帕奇问道。

“是的，帕奇。你只管做好了。”

火车在他们身下隆隆作响，洁白美丽的雪花在他们周围飘落。

帕奇做了什么？她照着布洛迪的话做了。

布洛迪感到，帕奇的牙齿扎了进去，咬得他一阵刺痛。他本能地想扭开想退缩想咆哮想甩脱帕奇，可是他忍住了。他站在那儿，听凭帕奇的牙齿扎得越来越深，听凭她摇头晃脑地撕咬……这时他感受到了，感受到了光格的挣脱，感受到了光点的痛失，感受到了灵魂被掠走。他感到帕奇扯走了一口灵魂，把它添加到了自家身上。

布洛迪禁不住呜咽起来。他闭上双眼，不住地哀嚎，听凭自己的灵魂越来越少，越来越暗。

帕奇松开了口。她退后，扭头看着别的地方。

“走啊，”她说，“离开这儿。”

布洛迪甩甩身子，一心想甩掉失去灵魂的痛苦，一心想甩掉身体被掏空的感觉。他走到车厢边，前爪扒在冰封的金属边框上，看着下面一闪而过的地面。

“帕奇，”他回头问道，“你为什么不早点出卖我们？比如说，在废料箱那儿？话说你完全可以让我跳下去帮助塔克。”

“当时我以为……我以为他需要……”

黑暗中，帕奇的声音很小，几乎淹没在火车的隆隆声中。

“谁？”

“塔克。当时我以为他需要……救助你，才能进入永恒什么的。我……不想妨碍他。”

布洛迪看了她一会儿，然后他咧嘴一笑，开始摇动尾巴。

“你**喜欢**他！”

“闭嘴！”

“你真的喜欢！”

“没有。我只是想让那个傻瓜离开，再也不用听他啰唆。”

“随你怎么说吧。反正你喜欢他，你这个大笨蛋。”

帕奇看着他。布洛迪依稀看见，她眼中冒着似曾相识的怒火。

“听着，笨蛋。我活过，我死过。这期间没有谁照顾过我，也没有谁在意过我。那种感觉就像……就像……不提也罢。我们在浪费时间呢。趁我还没抢走你剩下的光格，你走吧。”

布洛迪看了帕奇最后一眼。

“再见，帕奇。”

帕奇眨眨眼，打了一个哈欠。

“大概是不会了。”说完，她又一次移开了目光。

帕奇显得闷闷不乐。布洛迪冲着她的侧影咧嘴一笑，纵身跳下火车，落到了雪花覆盖的地上。

布洛迪听到了什么？他觉得，就在他飞身扑向地面的时候，就在他飞行的过程中，他隐约听到身后传来一声低语。

那句话听起来格外像：“祝你好运，白痴。”

布洛迪呢？他的感觉没错。

白雪如毯，把街道和房屋变得模糊而圆润。这让布洛迪觉得，街道和房屋全都一模一样。世界静谧，深夜寂默。雪花飘飘洒洒，活着的人们都蜷缩在温馨的家中。一切都安详极了。

可是布洛迪呢？布洛迪却不安生。

布洛迪在奔跑。他没有看那些舒适的房子，也没有看飘落的雪。

他一边跑，一边扭头看着房子的窗户。他在寻找熟悉的身影，看是不是自己心爱的男孩，是不是追踪男孩的怪物。他看着车道和小巷，寻找着那辆渗油的破车，那辆散发着烟臭味的破车。

布洛迪那颗英雄的心紧绷着吟唱着咆哮着。为了找到他的男孩，为了救助他的男孩，它经历了生与死的挣扎，昼与夜的交替，善与恶的搏斗。时间在流逝，他已经拼到只剩下最后几个灵魂光点。他感觉得到，它们在环绕着他飘浮，珍稀、微弱，越来越少。它们会消逝，那么希望就会消逝，**他**自己就会消逝。

可是它们没有消逝。所以希望没有消逝，他自己也没有消逝。

即使是在黑暗中消逝，他也要睁着眼睛，也要眼里有光。

他跑过街道，一颗心狂跳着，一双眼搜寻着，一个灵魂燃烧着。

布洛迪发现了什么？他什么也没发现。

汽车从他身边驶过，可是它们都不是怪物的破车。

人影在窗帘后晃动，可是它们都不是艾登的身影。

他经过一辆辆停靠的汽车。他打量着汽车，可是它们掩在雪中，冰冷而空荡。

他拐弯了，狗爪轻快地敲击着积雪。这时他感觉到，一个灵魂光点离开了他。他跳火车，嗅汽车，在积雪中跋涉，都在消耗灵魂。他没在雪地上留下痕迹，可是他一直都在接触这个世界。灵魂的损耗在所难免。

三分之一的自己忽闪着消失了，让他生出一种疼痛的感觉。那是一种痛失的感觉，一种萎缩的感觉，一种失窃的感觉。

他的脚步踉踉跄跄。他没有倒下，却步履蹒跚，行动迟缓。要是他还有呼吸的肺脏，他一定会气喘吁吁，一定会呻吟。

慢慢地，他停下了。

他闭上了眼睛，然后又睁开。

他停在了一个交叉路口。两条路，每条路旁都布满了灯火通明的房子，朝着四个不同的方向延伸。

交叉路口位于山顶。他看得见山下的铁轨，铁轨下面的黑色河流，还有河流上的那座大桥。就是在那座桥上，布洛迪拼死搏斗；就是在那座桥上，帕奇迷失了方向，又找回了自己。大桥对面，城市的灯火闪烁。它们闪烁着，像千千万万个灵魂光点。

简直美极了。

就像见证了大真。

所有的人，所有的小狗所有的小猫所有的小鸟所有的灵魂所有的生命所有的挚爱所有的难题所有的承诺所有的梦想所有的绝望。

所有的一切都在闪耀，像冬日夜空里一张璀璨的灯毯。

布洛迪蹲在雪地上。

他抬头，看着雪花纷飞的夜空。

要是有月亮，它一定躲在了云后。

他知道，只要他嗥叫，月亮就会出现，那个并非天使的天使就会现身。是的，天使也知道。

布洛迪环顾四周，看着四面八方的房屋。每个方向都有几十栋房子。要是他选错了方向，只怕他还在路上折腾，就耗尽了灵魂，失去了他的男孩。

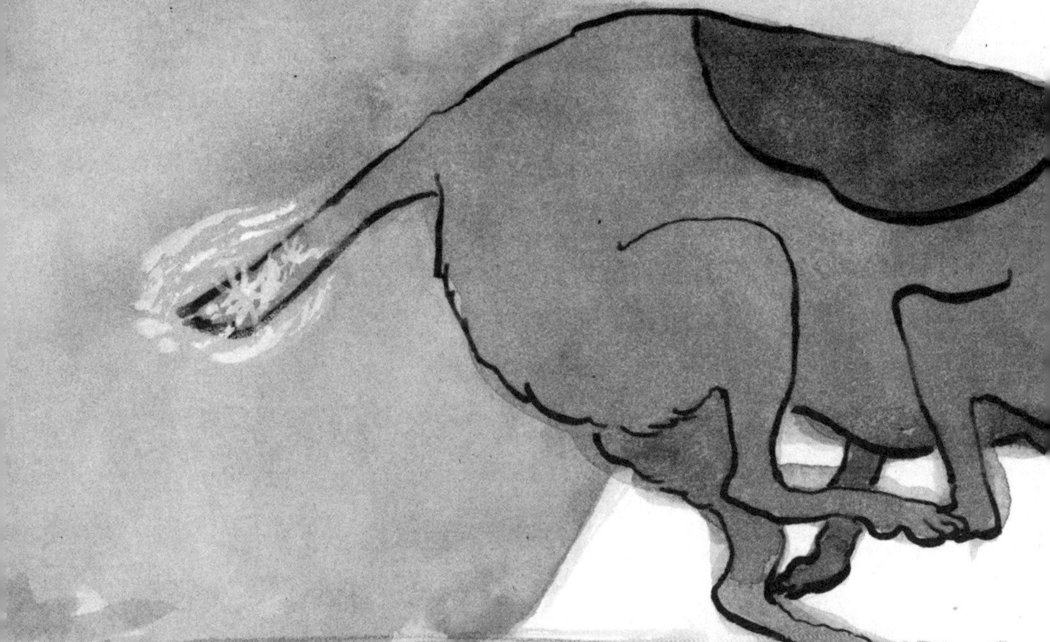

可是，他没法知道，他没法知道该走哪个方向。

这个世界太沉重。布洛迪耷拉下肩膀，垂下了脑袋。

他垂下眼睛，绝望地看着街上纯净的白雪。

但是——

但是，雪并不纯净。

就在那儿，就在那幽灵狗爪之间的雪地上，他看见了一样东西。

一样格外漆黑格外细小格外**不**那么纯净如雪的东西。

那个东西又黑又脏，有着水滴的形状。

那是油污。

一滴油污。

布洛迪马上意识到，油污来自一辆汽车。那辆汽车有一个硬纸板充当的车窗，有一个怪物蹲伏在方向盘的后面。

大雪纷纷扬扬，用静谧的白色隐藏了一切。可奇怪的是，雪花到处飘落，掩盖了所有的东西，却唯独漏掉了那滴黑色的油污。大雪四处飘落，那滴油污却没有被隐藏没有被破坏没有被遮蔽。

简直就是奇迹。

布洛迪站了起来，眼神犀利，尾巴僵硬。他的眼睛扫过交叉路口，越过雪地，寻找并找到了他要找的东西：几步开外的雪地上，又有一个黑色的油滴。他着急地跑过去，看啊找啊，终于在远处又看到一滴油污。

那是一条线索。

一条指向怪物的线索。

一条指向他的男孩的线索。

布洛迪的两个灵魂光点闪耀得更加明亮。

他一跃而起，冲了出去。

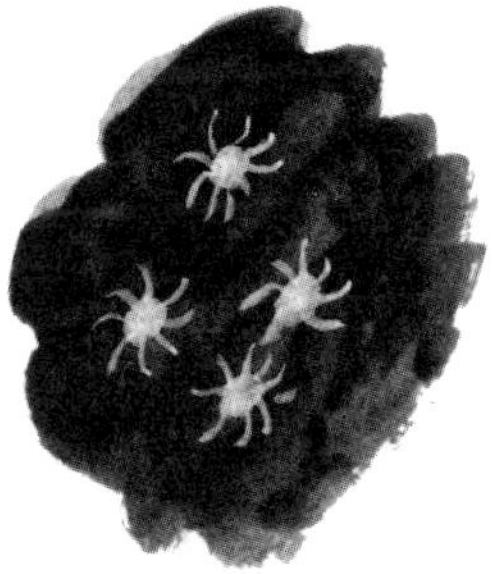

黑色的油滴把他带向一条街，然后一个急转弯，又把他带到了另外一条街上。

布洛迪低着头，眼睛盯着雪地，生怕错过了油污，生怕错失了线索。他知道，他稀少的灵魂已经不容他错过和找回线索了。

就在他奔跑的时候，雪停了。漫天的飞雪消失得无影无踪。

此时此刻的夜晚，万籁俱寂。

阴影重重，悄然无声。

有一只小狗在追寻。有一个男孩不见了。有一个并非天使的天使在守护。有一个无所畏惧的灵魂在消逝。

还有一个怪物。

那辆汽车停在白雪覆盖的树影下，停在远离路灯的黑暗中。

发动机熄火，车窗紧闭，车内一片漆黑。只有一支燃着的香烟闪着红光。

布洛迪停止了奔跑。他竖起颈毛，抬起上唇，露出了牙齿。

他迈步向前，径直走向了汽车。他透过脏兮兮的车窗，看着车里的那个男人。

怪物坐在那儿，烟雾缭绕。他就着瓶口在喝东西。即使是隔着冰冷的金属车门，布洛迪还是听见了他胡乱吞咽的声音。

布洛迪没看香烟，也没看瓶子。

他盯着怪物的双眼。

布洛迪为什么盯着怪物的双眼？因为那双眼十分专注。它们没有看后视镜，没有浏览夜色，也没有慢慢闭上，准备睡觉。它们一眨不眨地盯着街对面的一栋房子。

布洛迪顺着怪物的目光望去。

那是一栋两层的白色房子。房前有一个带顶的门廊，车道上竖着一个篮框。房前的人行道和门前的小径修葺得齐齐整整。门廊上的灯开着，楼下的窗户透出亮光。一串精美的白色圣诞灯的光穿过屋檐，缠绕着门廊的栏杆。

怪物盯着这栋房子，只会出于一个原因。

布洛迪不假思索地穿过了马路。他走过人行道，踏上了那条通向前门的小径。他破天荒地忘记了怪物忘记了大黑忘记了帕奇忘记了自己的灵魂。他甚至忘记了塔克，心思全都放在了男孩身上。他知道，男孩就在这栋白色的房子里；房子上的圣诞灯光像灵魂一样闪烁。

他走上门廊的台阶。因为没有肉体，没有体重，所以他身下的木头楼梯并没有叫唤。

他没有停下，直接穿过了前门。

他发现自己站在了玄关那儿。地板是暗色的平光木头；他的右手边，一个男人和一个女人正盯着电视机闪烁不定的屏幕。他们背对着他坐在沙发上，所以他只能看见他们的后脑勺。男人看着电视，忍不住笑了；他的笑声轻快，柔和，无拘无束。

布洛迪的面前，有一个通往上面的楼梯。

布洛迪知道。反正他知道，自己该怎么走。

他爬上了楼梯。他没有狂奔，而是一步一步，迈着坚定而自信的步伐。他是一个有目标的灵魂，他有一个即将兑现的诺言。

离开。回转。

楼梯顶部有个走廊。走廊里有三个房门。

一个房门开着。他透过房门看见，房间里亮着灯，放着一个书柜和一张大床。大床已经铺好，但上面没有人。

另外一个房门也开着。透过房门，布洛迪看见一个洗手盆、一面镜子和一个浴缸。

第三个房门关着。

布洛迪停在了那儿。不是因为犹豫，恰恰相反，他很**笃定**。

终于，在长途跋涉兵荒马乱疑虑重重悲观绝望之后，布洛迪确定了方向。

他朝着第三个房门走去，朝着那个紧闭的房门走去。

要是他有呼吸，他一定会屏住。

布洛迪穿过了房门。

门后的房间黑着灯。它有一扇朝向大街的窗户。有一个梳妆台，几个书架。墙上挂着几幅图画。

可是谁在意呢？谁会在意呢？

除了布洛迪。

因为房间里有一张床。

床上有一个男孩。

床上有一个男孩，他的笑容中凝集了全世界所希冀的快乐。

床上有一个男孩，他热烈的拥抱驱散了你所有的寒噤和冷战。

床上有一个男孩，他躲在野餐桌下避雨的时候，还不忘安慰你说，不会有事。

床上有一个男孩，他在寒夜里和你合盖一床薄毯，和你一起哆嗦着入睡，只会给你一个人最美好的梦想。

床上有一个男孩，他会抹掉自己的眼泪，亲吻你的鼻子。因为他知道，你不忍心看见他难过。

床上有一个男孩，你愿意为他去做任何事情，**任何事情**。

床上有一个男孩，他会为了你的安全与怪物拼命。

床上有一个男孩，你甘愿为他牺牲自己的灵魂。

床上有布洛迪的男孩。

床上有艾登。

布洛迪走到了床边。

布洛迪没有眼睛可以哭泣，没有声音可以吟唱，没有四肢可以舞动。

但是布洛迪拥有一个灵魂。

布洛迪拥有一个什么样的灵魂？相信我，那是一个明亮的灵魂。当他又一次见到他的男孩，他的灵魂燃烧得格外炽烈。要是你在场，只怕你都不敢直视。

艾登在熟睡。他双眼紧闭，嘴巴微张，胸口一起一伏，一起一伏。他看起来很温暖。他看起来很平安。

一只胳膊从毯子里甩了出来，越过枕头，手掌摊开，手指弯曲，伸向了床头的小桌。小桌上只有一张照片，一张镶嵌在破旧的仿银相框里的照片。

照片上有一个男孩和一只狗狗。

正是这个男孩。正是这只狗狗。

一切都在照片中。

布洛迪的心碎了一地，布洛迪的心浴火重生。他心目中的一切不可阻挡地崩塌解体，又一如往常地复旧如初。

黑乎乎的房间里，布洛迪站在那儿注视着那个漂亮勇敢的男孩。

语言吗？语言完全多余。

去吧，去寻找属于你灵魂的唯一真爱，然后死去。永远地失却，然后重拾。

这时你就会明白，你就会理解，布洛迪此刻的感受。

我不知道，布洛迪接下来会做什么。

我不知道，他会不会吠叫，会不会跳到床上，会不会呆呆地站在黑暗中，就那么一直注视着他漂亮的男孩。

我不知道。

因为无论布洛迪接下来做了什么，我都无从知晓。

一个声音扼住了他摇动的尾巴，合拢了他张开的嘴巴，让他的脑袋猛地转向窗户。

因为他站在那儿，站在酣睡的男孩身边，清清楚楚地听到了那个可怕的声音。

街对面，有人砰的一声关上了车门。

床上躺着一个熟睡的男孩。

楼下坐着一个笑着的男人和一个女人。

外面有个怪物在靠近。

布洛迪是唯一的知情者。

可是布洛迪没有声音，没有牙齿，没有力量。

他只有两个微弱的光点，并且正变得暗淡。

布洛迪还有什么？他还有一颗心。是的，他有一颗善良的心。

他跑到了窗前。

没错。怪物就站在黑暗中，站在汽车旁。他手中的瓶子不见了。虽然距离那么远，虽然不再发抖，布洛迪还是感觉到，那是一种可怕和冰冷的平静。

怪物的牙齿已磨好，利爪已伸出。他离开汽车，穿过白雪覆盖的大街，朝着有圣诞灯光的白色房子靠近。

朝着艾登靠近。

不，布洛迪暗自想道，**再也不会了，永远不会了**。

布洛迪待了片刻，最后看了一眼自己的男孩。

他的男孩在熟睡在呼吸在做美梦。他的一只手伸向一张照片，照片上，他们俩沐浴在阳光下，笑逐颜开。

最后一眼。苦苦追踪，漫漫寻觅，只为这一眼。

布洛迪做了什么？他跑开了。他离开了男孩，朝怪物奔去。

再一次离开。

他从床边跑开，穿过房门，奔下了楼梯。

他朝外狂奔，穿过了玄关，穿过了前门。这时他突然急刹车，停下了脚步。

他，一个没有肉体的幽灵狗，对怪物无能为力。

可是隔壁屋子的沙发上，坐着一个男人和一个女人。

他想起了警官的话：**艾登目前的养父母有关于你和你的汽车的描述，先生。只要你进入了距离他们或者艾登五百英尺之内的范围，你就得回去蹲监狱**。

他跑进了那个有电视的房间。他一边跑，一边吠叫着咆哮着跳跃着。

女人打了一个哈欠。男人一边咯咯发笑，一边对着电视摇头。电视上的一群人跟他一起在笑。

布洛迪叫得更加大声更加猛烈更加不顾一切。他的叫声很尖锐很刺耳很急迫。

听着！他叫道，**听着！他来了！他就在外面！看啊！**

男人和女人没看。他们什么都没做。

布洛迪发疯似的跑到窗前。他的前爪扒在窗台上，脑袋探出窗帘，眼睛望着外面的黑夜。

怪物还在逼近。现在他穿过了大街，就站在人行道上，与他们隔着一栋房子。他抽了最后一口香烟，把烟头烧成了一只愤怒的红眼。然后，他把烟头丢进了路边的雪堆。

布洛迪回头看着沙发上的那对夫妇。他怎么才能引起他们的注意？他怎么才能让他们看向窗外？

窗帘在他眼前飘动。他着急地摇着头，透过窗帘张望。

他定在了那儿。

窗帘。

布洛迪看了看自己的最后两个光点。

接着，他集中了所有的精神，所有的力量，所有的**灵魂**，一心一意地实化自己的牙齿，实化自己的嘴巴。他张开了嘴巴，做出最后一次努力，把牙齿变成了实实在在的固体。他咬住了窗帘的边缘，就像塔克咬住一根薯条。

他感觉到了，感觉到了牙齿间的布料。他感觉到了布料的重量，感觉到了布料的纹理。他感觉到了嘴里的窗帘，就像他活着时一样。

布洛迪来不及品味。他一感到自己咬紧了窗帘，就使出浑身的力气，拼命地拉拽。

他感觉到了拉扯，感觉到了抗力，感觉到了张力。接着，他感觉到了破裂。

咔嚓一声，窗帘与金属窗帘杆一起，从窗户上脱落。它们砸向地板，制造出一声完美的巨响。

女人大叫一声，男人跳了起来。

“什么情况啊？”男人说。他吓了一跳，呼吸变得急促。布洛迪摇着尾巴，在他面前跳来跳去。

“怎么回事？”女人问道。

“不知道啊。一定是哪里松了什么的。好奇怪啊。”

男人的呼吸渐渐平静，女人的身体开始松弛。

男人的脸上露出了微笑。

“天啊，我吓得魂都掉了。”他咯咯地笑着，摇了摇头，又坐到了沙发上。

布洛迪张大了嘴巴。

不要！布洛迪喊着，**不要**！

可是没用。一声哀嚎，一声尖锐而狂躁的哀嚎，在他的喉咙里翻腾。

然而——

然而就在这时，女人发话了：“怎么？”

“什么怎么？”

“你不会就这样不管了吧？”

“哦，你要我把它装上去啊？”

女人笑着，拍了拍他的肩膀：“这还用说！我的老天，难道你是世上最懒的人吗？”

“好吧，好吧！”男人笑着，跳了起来，“又不是什么要紧的事。不过既然这位女士坚持……”

不对！布洛迪想道，就是**一件要紧的事**！**看啊**！**看啊**！

男人弯腰去捡窗帘。然后，他手里拿着窗帘，站在了那儿。

布洛迪满怀期待，看着他的每一个动作。

外面！**看外面**！

男人把窗帘装回金属杆的时候，眼睛漫不经心地向窗外瞟去。

他看看远处的大街，没有瞧见怪物。

他看着天空。

“好像还要下雪啊，”他说，“明早恐怕又要铲雪了。”

接着，接着他把目光转向另一边，看着近处的大街。

布洛迪看见，他的眼睛眯细，聚焦，变得锐利。

“亲爱的？”他说，“他们说艾登的老爸是个大高个，对吧？大块头，留着山羊胡？”

“对啊。怎么啦？”

男人没有回答。他的眼睛掠过大街，朝停在树影下的那辆汽车看去。

“他们说他有一辆什么样的汽车来着？”

“我想是一辆银色的旧旅行车。是不是有个车窗没了？”她的声音变得严肃。她从沙发上站了起来。

男人手中的窗帘掉在了地上。

“打电话报警。”他厉声说道。

“怎么啦？难道是他？”

“没错。”男人说罢，大步流星地朝玄关走去。只听咔嗒一声，他锁上了房门。女人从沙发上拿起手机，着急地点着屏幕。

布洛迪看在眼里。他知道，他们会尽力而为。现在，他也必须尽力而为。

警察会赶来，可是怪物已经到达。

布洛迪必须阻止怪物。

28

人行道上铺了一层新雪。要是布洛迪还有爪子，积雪都不及他的爪背。

乌云散去，月光皎洁，雪地亮得直晃眼睛。

天地间只有黑色的阴影和白色的月光。世界没了别的色彩，只有黑暗与光明。

怪物在光影里穿行。

他的脚步缓慢，谨慎，不急不躁。

布洛迪站在人行道顶头与房子连接处。人行道通向那道上了锁的房门，而房门就在怪物和男孩中间。他要让怪物冲着自己。反正他只剩下两个灵魂光点，而且在扯下窗帘以后，他就知道，自己即将失去其中的一个。他的灵魂已经所剩无几，那么，他必须让它物尽其用。

怪物离他只有两辆车的距离了。布洛迪开始狂吠。

他知道没用，他知道怪物听不见。

可他还是叫了。当自己的所爱受到威胁，好狗都会吠叫。

所以，布洛迪开始吠叫。可是怪物一直在靠近。

布洛迪不断地跳脚。他朝街上张望，盼望着能听到警笛，盼望着能看到汽车闪烁的前灯。

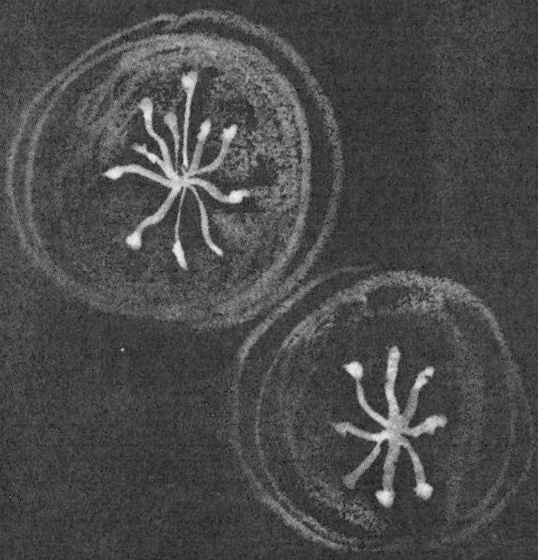

可是只有寂静，只有黑暗。而怪物又逼近了两步。

这时怪物停下了。他站在凛冽的夜风里，抬眼看着房子。

有那么一会儿，布洛迪侥幸地以为，一切都不会发生。他以为怪物改了主意；他以为怪物会开车离开，永远地离开，他的男孩再也不用担惊受怕。

可是就在这时，他看到了怪物的眼神。那是布洛迪再熟悉不过的眼神，阴险，冰冷，执迷不悟。那是他甩上门时的眼神，那是他飙脏话时的眼神，那是他揍男孩时的眼神。

与大黑扑向他喉咙时的眼神一模一样。

怪物咬紧牙关，用指节揉了揉鼻子。

然后他一只手伸到身后，拔出了别在腰里的东西。他拎着那个东西，随意却致命。

月光在黑色的金属上闪耀。

布洛迪不知道那个东西是什么，可是他知道那个东西有什么用。他见过怪物射击。他跟着怪物和艾登出去，看见过怪物朝着栅栏上的瓶瓶罐罐射杀。可怕的轰鸣声让他直发抖。

枪。这个字在他的脑海里浮现，像一株黑色的大麻，满身是刺，浑身是毒。

一声咆哮在布洛迪的心脏里灵魂里肚子里喉咙里升腾。它生长着喧哗着震颤着咆哮着。

不，他一边想，一边愤怒地看着怪物，恨不得把这个字戳进怪物呆滞的眼睛，戳进怪物皱起的眉头。**不能，我的男孩不能受到半点伤害**。

怪物当然听不到他的咆哮。

他听不到布洛迪的愤怒，听不到他的力量，他的决心。

布洛迪感觉如何？他不能容忍，不能容许自己回来了，怪物却不知情；他，布洛迪，那只有着勇敢心灵的狗狗，依然守护在男孩的身边，怪物却不知情。

离开。**回转**。

就在怪物向前移动的时候，布洛迪聚集了剩余的灵魂。他把灵魂集中在喉咙上，他把喉咙实化。

他把喉咙实化，他让喉咙咆哮。

月光下响起一声怒吼。

它打破了夜的寂静。

那是一只深爱着自己男孩的狗狗迸发出的一声狂吠。

怪物睁大了双眼。他环顾四周，他眨巴眼睛，他停下了脚步。

他又眨了眨眼睛。他东张西望，不敢相信。

可是他的耳朵不会撒谎。

咆哮不是来自阴影，而是来自面前那条空旷的人行道，那条白雪覆盖的银色人行道。

他听出了那声吠叫。他记得那声吠叫。

他摇了摇头。

布洛迪吼叫得更加大声。

走开！他的幽灵嗓子发出无声的呐喊。怪物听不见，他不在乎。因为他不仅仅是对着怪物吼叫，更是对着整个世界，对着任何试图伤害艾登的东西吼叫。**走开！他是我的男孩！他这么美好，你**

再也不许伤害他！

布洛迪忘记了自己的灵魂。布洛迪忘记了节省光点，忘记了节省光格。

他用实化的喉咙咆哮着，他用实化的喉咙吠叫着。于是，一声吠叫响彻夜空。叫声在街上回荡，穿越了黑暗穿越了光明。叫声钻进了怪物的耳朵，钻进了怪物破碎的灵魂。

怪物惊恐地睁大了双眼。他后退了一步，然后又退了一步。他举起枪，瞄准了面前的空气。空气里空无一物，却回响着一只狗的吠叫和咆哮，可是那只狗明明已经死了。

布洛迪又叫了起来，并且叫得更加响亮。他向前迈进，向前逼近，逼得怪物连连后退。

布洛迪向前走着。他保持着喉咙的实化，保持着咆哮的强硬和洪亮。同时他又把灵魂分成了双份，把决心强化了一倍，开始实化爪子。他把爪子实化成了有重量有指甲的活生生的狗爪。随着布洛迪向怪物逼近，人行道上出现了一排完美的爪痕。这些爪痕在月光下清晰可见，这些爪痕吓得怪物连滚带爬地后退，这些爪痕伴随着咆哮，绵延在怪物和男孩之间。

我的男孩！你不许碰他！他是世上的珍宝。我爱他！我！他！一起！永远！

布洛迪发出最后一声吠叫，最后一声无畏又响亮的吠叫。像在宣示勇气，像在宣示德行，像在宣示真爱。相信我，如果你听到那声吠叫，你自然会懂得它的含义。

怪物做了什么？怪物丢下了枪。他把枪丢在了雪里。

怪物撒腿就跑。他穿过大街，钻进车内，启动引擎，车门都没来得及关上，便呼啸而去。他来到街尾，刚刚转过拐角，却被两辆闪着警灯的巡逻车堵住了去路。那是两辆被调度到这个社区的警车，正奉命搜索一辆银色的旧旅行车。

一辆巡逻车掉头，朝着报警的那户人家，朝着那栋闪烁着圣诞灯光的白色房子驶去。

另外一辆巡逻车呢？它没有掉头，而是尾随在怪物的身后。

布洛迪伫立在雪地上，伫立在黑夜里，伫立在天地间。

就像好狗冲着邪恶宣战，他发出了吠叫，他发出了咆哮。他用吠叫和咆哮赶走了怪物，他从男孩身边赶走了怪物。他赶走了怪物，永远。

他做到了。

他救了艾登。他救了自己的男孩。

他看看自己的灵魂。

只剩下一个光点。

光点在消逝。它似乎正在飘走。

布洛迪的灵魂已经耗尽。

可是他的男孩安然无恙。

他的灵魂刚好支撑他见到男孩，最后一次见到男孩。

29

布洛迪穿过了那道上锁的房门。此时此刻，什么门都不能阻隔他与他的男孩，什么门都不能。

他上了楼梯，地毯上没有留下一个爪痕。

他穿过走廊，从那个女人身边经过。她正站在那扇紧闭的门外，手里拿着手机，眼睛紧紧地盯着楼下那扇上了锁的前门。她看起来有点紧张，却显然做好了准备。布洛迪喜欢她站在那儿。他喜欢她站在男孩的门外，等着怪物。不过怪物不会来了。布洛迪从她的身边经过，穿过房门，进了男孩的房间。

艾登，那个长着黑色长睫毛的漂亮男孩，仍然在熟睡。他没听到窗帘跌落，没听到电话报警，没听到布洛迪的狂吠，没听到银色旅行车的仓皇逃离。怪物没有扰到他的美梦。

布洛迪走到男孩熟睡的床边。

布洛迪。哦，布洛迪。

他唯一的灵魂光点闪烁着、飘摇着。

布洛迪站在昏暗的房间里，看着男孩熟睡的脸庞，听着男孩轻柔的呼吸。布洛迪站在那儿，想到了……想到了很多。他感受到很多，他回想起很多。多得无法用语言表达，谁都无法用语言表达。

那些念头呢？那些感受呢？那些记忆呢？它们属于布洛迪，仅仅属于布洛迪。

那是一个瞬间，还是千万个瞬间？那是一个永恒，还是一个虚无？反正难以区分，真的难以区分。

一个瞬间，一个虚无，或者一个永恒，正在悄然流逝。然后就到了那个时刻，那个并非天使的天使出现的时刻，那个天使来到布洛迪身边的时刻。

于是我出现了。

我没在场，可是我出现了。

出现在布洛迪的身边。

他察觉到了我的出现，抬起头望着我。要是他有真的眼睛，他的双眼一定会湿润。我的也一样。

“他简直完美。”布洛迪说。

“是啊，”我回答，“我知道。”

“可是我没呼唤您啊。”

“我以为我听到了你的呼唤，”我没说实话，“刚刚在外面，我以为我听到了你的嗥叫。”

“没有，我没有嗥叫。我在吠叫，我在吠叫。”

床上，艾登轻叹了一声。那是一声恬然的梦呓。

“布洛迪，你该离开了。”

“我不想离开。”

“我知道。可是你没时间了。”

“我能再待一会儿吗？”

“不能。”

“我能把他叫醒吗？我能让他看看我吗？”

“不能，不能这样。”

“他就不能抚摸我吗？他就不能再看看我再抚摸我再拥抱我一次吗？求您啦。求您啦。”

布洛迪抬头望着我，眼里藏着千言万语。我们默不作声地站在那儿，不再是一只狗狗和一个并非天使的天使。我们只是两个灵魂，两个迷失在黑暗王国的灵魂。

“不行，布洛迪，我不能这样。我不能。可是……你看，”我指了指环绕在他身边的最后一缕微光，“你还有一个光点呢，布洛迪。你还有一个光点。”

布洛迪看着我，露出不解的神色。然后，他恍然大悟。

他做了什么？他开始摇摆尾巴。摇的速度很慢，幅度很小，也许还带着些许哀伤，可是一直在摇摆。

布洛迪带着那个随时都可能熄灭的灵魂光点，爬到了男孩的床上。

我又做了什么？我把手搭在了布洛迪的身上。就一只手，轻柔得让他难以察觉。不过，这仍然是一种触碰，刚好把他托住。

布洛迪，那只勇敢的狗狗，钻进了男孩的怀里。他把鼻子贴在了男孩的脖子上。

睡梦中，艾登动了一下。他吸气，翻身，从毯子底下伸出了另外一只手。那只手里握着一个网球。黄色的网球有些褪色，边角都磨破了。即使在睡梦中，艾登依然握着那个网球。

离开。回转。

布洛迪看见了网球。

“哦，艾登。”布洛迪一边说，一边蠕动身体，与自己的男孩靠得更近，贴得更紧。他对着那个熟睡男孩的耳朵，轻声说出了四个词：“你，我，一起，永远。”

然后，布洛迪聚集了剩余的灵魂。他把灵魂集中在舌头上，轻轻地舔了一下——就舔了一下——那个熟睡男孩的脖子。

艾登又叹了一声，抬起了胳膊。布洛迪连忙把灵魂聚集在了脖子上。艾登的胳膊搂住了他的脖子，紧紧地搂着，温暖而有力。男孩搂着狗狗的脖子，他们依偎在一起。那个男孩，那只狗狗，依偎在一起。

男孩做了什么？熟睡的男孩说了一句梦话：“是你吗，布洛迪？”

布洛迪的尾巴砰的一声，砸在了毯子上。

睡梦中的男孩笑了。

不过，睡梦中的男孩没有惊醒。他轻叹一声，胳膊一直搂着自己最好的朋友。

那是一个永恒的瞬间，一个让人胸襟开阔的瞬间。天使的心也不例外。

布洛迪说话了，语气格外安静格外柔和格外开心格外悲伤。我知道，他不是跟艾登而是在跟我说话。

“你知道这个世界上我最爱什么吗？”

“什么啊？”

“这个，”他回答说，“就是这个。”

就在这时，就在男孩温暖的怀抱里，布洛迪最后的光格忽闪着消失了。他的灵魂黑掉了。

一种冰冷的空虚感，一种深切的失落感，突如其来。如果布洛迪有肺脏，他一定会窒息。他的全身上下、他的内心深处一无所有，只有黑暗和空虚。他明白了大黑贪婪的眼神，他理解并原谅了帕奇的背叛。

失去灵魂是怎样的感觉？什么样的孤独和空虚都无法比拟，无法比拟。

可是，至少在这个时候，布洛迪并没有完全空虚。至少在这个时刻，他还拥有男孩手臂的温度，男孩呼吸的声音，男孩眼泪的味道，男孩痴爱的热烈。他并不空虚。

布洛迪到底怎么样？他并**不**空虚。

“我消逝了。”他说。

“没有，”我说，“你还在。”

“可是……我的光格。它没了。”

“它没了，可是我留住了你，”我压了压搭在他身上的那只手，“你离开的时候，我留住了你。不过现在你该离开了，你该进入永恒之地了。”

“可是我不能。我没有了灵魂。”

“不，布洛迪，不是这样。你为男孩献出了生命，后来又献出了灵魂。奉献的灵魂**不会**遗失。”我凑过去，嘴巴贴着他的耳朵，“我告诉你一个秘密吧。你不会失去自己的灵魂，永远不会。灵魂只会在你出生的时候失去一次。你一出生就失去了灵魂，然后你会用一辈子去寻找它，去重拾它。布洛迪，你在这儿守着你的男孩，你没有失去灵魂，而是找回了它。至于那些微小的光点，它们只是你偶尔看到的部分灵魂，而不是你灵魂的全部。你刚刚把灵魂给了男孩；它离开了你，可是男孩得到了它。你还把灵魂给了帕奇。你承诺塔克你们会重逢的时候，你把灵魂也给了他。布洛迪，我们的灵魂不仅仅与我们自己同在，它活在我们深爱的那些人身上，它活在深爱我们的那些人心里。”

布洛迪仍然闭着眼睛。他仍然活在那一刻，仍然活在男孩的怀抱中，仍然活在男孩的呼唤里。不过，他听到了我所说的一切。

“是真的吗？”他问我，“帕奇说的是真的吗？”

“她说了什么？”我明知故问。

“她说你不是天使。你只是一个人类，只是另外一个迷失的灵魂，一个想进入永恒之地的灵魂。”

我把目光移开了片刻，那只手却一直放在他的身上。我摩挲他的后背，我用手指抓挠他的毛发。

“没错，”我回答说，“她说的没错，布洛迪。我不是天使，我只是一个男孩，一个曾经的男孩，一个养过一只狗狗的男孩。”

“你叫什么名字？”

我停顿了一会儿才回答。我停顿了一会儿，因为我有很久没说过自己的名字，因为我有很久没想起自己的名字。不过，我还是说出来了。

“马克，”我说，“我叫马克。”

“哦。”布洛迪睁开了双眼。他抬头看着我。

“这个有用吗？”他问道，“我的意思是，它能帮到我吗？它真的能帮你，帮你找到心灵的平静吗？”

我冲着趴在男孩身边的狗狗微微一笑。

这才是我百思不得其解的地方：这个世界有布洛迪一样勇敢的心灵，有布洛迪一样美好的灵魂，怎么还会如此黑暗？

不过没有关系。因为这个世界虽然黑暗，可是到了最后，到了最后的最后，我们才是永远的赢家。相信我。

“有用，”我回答说，“我觉得有用，布洛迪。非常有用。”我的话发自内心，真的发自**内心**。这是事实。

“那么你自己要进入永恒了吗？”

我扭头看着别的地方，看着很远的地方。真正意义上的远方。

“快了，”我回答他，“谢谢你，我准备好了。不过，我还要等另外一只狗狗。到时候我们一块儿过去。”

我们坐了一会儿。我和布洛迪，一个想着自己狗狗的男孩，一只想着自己男孩的狗狗，默默地坐了一会儿。然后，我的思想，我的心绪，我的目光，又回到了月光皎洁的房间。

我的手没有离开布洛迪，但是我站了起来。

“该离开了，布洛迪。”

“可是……艾登怎么办？他不会有事吧？”

“我不知道，布洛迪。我不能保证他平安无事，不过我可以告诉你，他心里总有一个地方会记得你，总有一个地方会。”

“可是……他的老爸，那个怪物。”

我用手在他的背上慢慢地画着圆圈。

“他的老爸会蹲监狱。他会躺在牢房里，夜不能寐，满脑子都是那只他打死的狗狗，满脑子都是那个把他拦在行凶路上的咆哮幽灵。他没有英雄的胆识，只有懦夫的胆量。放心，那个人再也不会骚扰男孩了。”

布洛迪趴在那儿，抬头看着男孩。

“我还会见到他吗？”

“会的，会的，布洛迪。你还会见到他，我保证。”

“我爱他，真的爱他。”

“我知道。”

“这个……永恒之地，离我很远吗？”

我看着布洛迪。他趴在男孩的身边，被爱包裹。

“不，布洛迪，你离它一点都不远。现在的你其实离它**很**近。我们根本无须离开。我们只需从**此时此地**进入，就会到达永恒。”我用手指摩挲着布洛迪的耳后，“你是一只好狗，布洛迪，你真的是一只好狗。”

“他会忘记我吗？”

我俯下身，靠近了那只好狗和他深爱的男孩。男孩的眼角有一个淡淡的伤痕，嘴边却挂着一个浅浅的微笑。我知道，到了早晨，男孩会梦到一段记忆，会想起一个梦境。在梦中那个漆黑的半夜，他紧紧地拥着自己失去的狗狗。这个梦如此真切，他会打心眼里知道，它不是一场梦，而**是**一件真事。他会来到屋外，他会在人行道的雪地上看到爪痕。这些爪痕凭空而来，又凭空消失。男孩会看着爪痕，露出微笑。也许他会含着眼泪微笑；虽然含着眼泪，它仍然是一个微笑。事实上，这个微笑更加意味深长。

“不会。这个男孩永远都不会忘记你，布洛迪，”我轻声说道，“我保证。相信我，即使是死了，他也不会忘记自己的狗狗。”

我站了起来，那只手还搭在布洛迪身上。我感到他在滑脱。我不可能永远挽留他。该走了。

“你准备好了吗？”我问他。

“我永远都不会准备好。”

“我知道。你准备好了吗？”

“我永远都不会准备好。”

“我知道。你准备好了吗？”

“准备好了。”

于是，我们离开了。

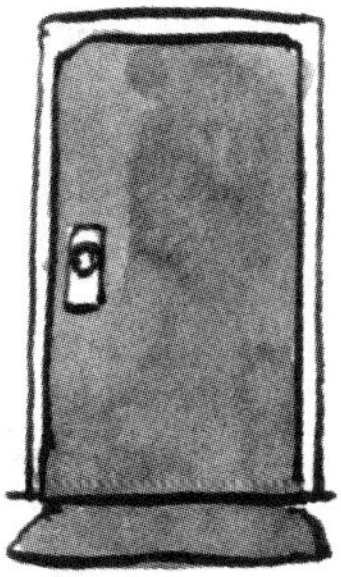

尾声

“天啊，我还以为你**永远都来不了**呢。兄弟，我可是一直在这儿等你来着。”

塔克欢快地摇着尾巴，一双眼睛闪闪发光。他围着好友不住地跳跃。

布洛迪摇着尾巴回应，给了塔克一个狗模狗式的微笑。

“你是不是……是不是……？”塔克吞吞吐吐地问道。

“是的。”布洛迪笑道。

“他是不是……是不是……？”

“是的，塔克。他**现在也是**。”

塔克跳了起来。他围着布洛迪跑了三圈，跳到了空中。

“兄弟，我就知道你会找到他！我就知道你会！”

突然，他停下了脚步。他站在那儿，几乎一动不动。他的眼睛盯着布洛迪的眼睛，神色凝重，满是疑问。

“这么说……你是准备好咯？”

布洛迪移开了目光。他看着草地上奔跑的狗狗，看着水中嬉戏的狗狗，看着湛蓝的天空。他回想着他和男孩躺在一起的最后时刻，他回想着那个并非天使的天使给他许下的诺言。然后，他回头看着塔克。

“是的，我准备好了。你呢？”

塔克又摇起了尾巴。

“你猜怎么着？我准备好了，早就准备好了。我只是在等你，兄弟。”

于是，两只狗狗，两个充实的灵魂，并排蹲在了草地上。他们肩并肩地蹲在那儿，看着天空，看向天际。

“塔克，你害怕吗？”

“一点都不怕。你呢？”

“不怕。”

他们的头顶光芒闪现。一道金色的光束朝着他们延伸，一条光球组成的路径闪闪发光。起初很远，然后越来越近。

布洛迪浑身发抖，但不是害怕。

光球到了跟前。他们感到一种刺痛，一种温暖，一种嗡嗡作响。

“你觉得会怎么样，布洛迪？”塔克问道，“你觉得它，那个地方，会怎么样？”

“我觉得那里就像我们热爱的奔跑，兄弟，”布洛迪回答，“只会更好。”

塔克看着布洛迪。然后，他耷拉耳朵，咧开嘴巴，露出一个开心的大笑。

“你觉得帕奇会在那儿吗？”

布洛迪的尾巴抽打着草地。

“当然了，塔克。她总归会在那儿的。是的，我觉得她会。”

“唉。”塔克叹道。不过他还在咧着嘴笑，还在摇着尾巴。“这么一说，也许我还有点不想去了。”

金光将他们笼罩。

他们没有时间交流，也没有必要交流。相信我。

于是——

一片沉寂。

一曲歌乐。

一次飞升。

一次离开。

一次回转。